職場專門店

You Could Be A News Anchor

LIVE

# 你也可以當主播

新聞主播 陳淑貞 著

書泉出版社 印行

# 寫在你也可以當主播之前～

# 人生有夢　築夢踏實

「愛上主播台」，是很多年輕學子與新聞記者的夢想。新聞主播在主播台上兼具高度「新聞專業」與「知性美」的公眾形象，讓不少年輕人嚮往。多少人不畏艱辛、走上了電視新聞這條路，就是期望有一天能夠風風光光坐上主播台，在全國電視機前的觀眾朋友面前，展現自己最有新聞專業與自信的一面，也是對自我工作專業能力肯定的最好證明。於是，每年都有很多社會新鮮人懷抱著「主播夢」，踏上了新聞路；也有不少剛進入電視新聞圈的記者兢兢業業、力求表現，每年新聞部都會舉辦的記者主播試鏡，就是電視記者們爭相期待能「脫穎而出」的重要挑戰。大家都懷抱著夢想前進。

而此刻，前頭的景象，讓我感覺再熟悉不過了，因爲馬上有人就要坐上主播台，面對鏡頭試播新聞了。看他們緊張的模樣，眞怕待會兒舌頭打結了！透過耳機傳來導播的聲音：「你，頭髮亂了，額頭要撥一下！」「身體坐歪了，要往右邊一點點！」試播的人，按捺不住緊張的心情，手忙腳亂撩撥一翻，導播已經倒數「五、四、三、二、一、開麥拉！」只見主播台上的人，還來不及把口水吞下，忙開口：「各位觀眾您好，歡迎您收看民視新聞，我是主播班學員，編號……」這是之前報名參加民視主播班學員，在新聞攝影棚上主播實務播報課程現場的情況，當時，我在副控室裏，看著學員們試播時全力以赴的模樣，雖然生疏，結結巴巴播報的不少，卻好爲他們認眞的神情感到喝彩，看他們每吃一次螺絲，我就期許他們愈往夢想邁進一步。

看著看著，時間彷彿推入了時光隧道，回到從前，當我剛踏進這一行，菜鳥上主播台的模樣。剛開始也是緊張兮兮，報新聞的口氣有點像國小的時候參加演講比賽；最要命的是，在不該笑的時候，往往一個不小心，就會笑得「太燦爛」，現在想想，還眞是不好意思。不像現在，再怎麼緊急的突發事件，就算現場連線，也能老神在在，不疾不徐、掌握新聞事件的脈絡。這就是菜鳥與老鳥的分別吧！

的確，剛開始時，緊張總是難免。而在歷經多年主播與跑線記者經驗之後，我了解到克服緊張的最好方法，是要盡力做到百分百的事前準備。不過，往往事前的準備太繁雜、或可能時間有限、或能力不足，無法盡如人意；有時甚至可能做白工，因爲新聞事件臨時的變數太多。所以，新聞從業人員必須要有極強的臨場反應能力，才能隨時釐清新聞脈絡、修正新聞重點，以便掌握正確的新聞方向；而這需要經驗與專業知識的累積，並非一蹴可幾。所以，我總是這麼不斷地鼓勵自己：每一次的採訪與播報，都要當做是「第一次」，用全新的心情來對待，才能期待每一次都能以最認眞的態度，呈現出最具有新聞專業的表現。

外人總羨慕我是個電視記者或新聞主播，每天不是接觸最新的資訊、與名人訪談，就是化妝得漂漂亮亮，坐在辦公室裏吹冷氣報新聞，還能同步掌握國內外新聞大事的脈動，是個很讓人羨慕的工作。但我要說的是，每一個工作都有苦有樂，觀眾所看到的，往往只是電視新聞工作者給外界看到的光鮮亮麗表象。掀開電視新聞工作絢爛的外衣，常常在風光的外表下，背後卻有一大串的甘苦談，可沒你想像的那麼輕鬆。當記者的，不僅要趕截稿的壓力；當主播的，也要禁得住收視率的考驗。新聞從業人員每天工作時數，動不動超過十個小時，是家常便飯；線上消息或重大事件發生時，更要二十四小時隨叩隨到，沒有吃苦耐勞的心理準備，恐怕吃不下電視新聞這行飯。電視新聞工作的超高壓力，不僅表現在每日滿滿的採訪工作，更要與時間賽跑、甚至追著新聞跑；超高難度的是：還

要「日復一日」永遠保持完美的演出。因此，每一天的成功與失敗，在每一天的最後都要歸零，第二天重新起跳；今天的榮耀不代表明天的成功；就算當下出糗了，咬咬牙，沒有太多悲傷的時間，下次出場時，必當更全力以赴，好用更亮麗的表現，力求扳回一城。

不過，電視新聞工作雖然充滿競爭壓力，相對也有它迷人之處，走在資訊傳遞尖端，每天能與最新的事物接觸，掌握國內外最新時勢動態，接受最新的挑戰，在成功完成一天新聞播報或採訪工作的同時，往往能夠帶來很大的成就感，也因此，成爲許多社會新鮮人找工作的「尋夢園」。轉眼間，投入電視新聞工作已有十多年了，新聞工作一路走來，看著長江後浪推前浪，每個人都在追尋著自己的夢想前進。這期間，雖然有人繼續在新聞路上堅持著、也有人陸續退出轉換跑道、卻也有源源不絕的新兵遞補接手，前仆後繼地往前衝。新聞尖兵們相繼馳騁新聞戰場，爲追求新聞的理想與自身的成就感而努力著。

這會兒，我在副控室，看著主播新鮮人，正在努力嘗試著我過去走過的路，爲能有朝一日、眞正成爲一個新聞主播，在努力著。讓我不禁回想起，當初自己

還是新聞新兵時，對新聞工作的憧憬與熱忱；雖然經驗不足，卻衝勁十足，很懷念那段時光。但新聞工作是個很消耗個人體力及精神的工作，很多人在大腦或身體發出警訊，發現工作已來到瓶頸，或是快被「榨乾」的時候，就是該再休息充電的時候了，所以新聞界在職進修的人不少。但其實，新聞工作只是一般社會職場的縮影，很多工作都是這個樣子，一般上班族接任新工作，可能只要三個月時間就上手，但如果相同的工作做了好幾年，已是職場老鳥，想想，你還懷有多少當初對這份工作的熱忱？「尋夢」，應該不只是新鮮人的功課吧！看著新人努力學習的模樣，你是否也和我一樣，想到當初的自己？

看看別人，想想自己。走過十五年電視新聞播報歷程，很多在主播台上，對我而言，可能早已習以爲常的專業工作細節，但對這些正對主播有憧憬夢想的年輕人來說，卻可能是很有興趣並且極爲珍貴的一課，主播經驗的傳承應該也是一項重要的課題。於是我動手寫下了十多年來主播工作經驗的點點滴滴，而在重新省思的過程當中，我也有所成長，重新爲自己的工作注入新的活力與熱情。

期盼你我「人生有夢，築夢踏實」～

# 自序

算算日子，自己已連續十五年擔任電視新聞主播工作。在這段不算長也不算短的主播生涯中，曾經數度應邀至全台幾所大中小學及不同的公家或民間組織中，報告主播工作甘苦。我發現，雖然不同年齡層的觀眾，幾乎天天可以在電視新聞節目中看到我，還是有許多人對主播到底是怎樣的一種工作充滿各式各樣的好奇。

觀眾們不但想更了解主播的工作性質，也想進一步知道，擔任主播必須具備的條件、主播是不是都有新聞採訪經驗、一般電視新聞記者轉換爲主播的可能性、主播如何樹立自己的播報風格、主播怎麼打理自己的服裝造型、主播是不是都有很高的待遇、主播的表現對新聞節目的收視率是不是有很大影響、主播是不是可以爲商業產品或公益活動代言，乃至於主播到底是不是明星，不然爲什麼主播的生活常常成爲新聞報導題材？

這林林總總的問題，是我以主播身分應邀演講時，最常被提到的疑問。同樣的，在生活中如果有機會認識新朋友，多半也都會被問到類似的問題。甚至像我在英國攻讀新聞學博士學位時的論文指導教授，英國雪菲爾大學新聞系主任

Jackie Harrison教授，都問過我類似的連串問題。於是，被問的次數多了，回答的次數也多了，便興起何不將這些問題與我個人的答案都寫下來的念頭，一方面爲媒體素養教育中有關「主播在做什麼」的主題提供一些參考資料；二方面也可以藉此做一番個人主播生涯的回顧與省思。

在主播的這條路上走了這麼久，能夠在每天新聞播報工作之餘，稍稍停下壓力緊繃的腳步，對自己的工作有一些反思，並在思考中累積再進步的動力，對我自己及愛護我多年的觀眾而言，應該都是件好事。雖然我已完成英國雪菲爾大學新聞學博士學業，但就體例及深度而言，這本小書還稱不上是個人生命史的紀錄，只希望能經由本書的出版，讓社會大眾，特別是對有志從事主播工作的莘莘學子，對主播工作中的各個面向，有較完整的認識，這是本書的出版目的，也是我個人的小小期許。

感謝在這十五年的主播生涯中，幫助我一路走來的新聞界前輩、長官與同事，沒有他們的指導與扶持，我無法走得還算平順。尤其謝謝一路走來，我所曾任職過的民視、超視、及眞相新聞網提供一個良好的新聞工作環境，讓我得以「從做中學」，不斷地學習成長，提升新聞專業。也感謝家人與眾多好友永不間斷的照顧與建言，讓我有持續前進的動能。五南文化事業機構楊榮川董事長繼「民視午間新聞幕前幕後：雙語新聞產製與台灣認同的回顧與前瞻」一書後，又慨允支持出版本書，在此特別致謝。同時感謝副總編輯陳念祖先生、編輯李敏華小姐、台師大大傳所胡幼偉教授對本書內容的珍貴建言、台師大大傳所研究生黃琬玲和林海嫣協助資料整理與校正，以及李清福先生協助本書封面設計。

希望這本書能讓大家對主播的新聞專業工作內涵更加了解，也對包括我在內的所有認眞打拼的電視新聞主播，給予更多支持、鼓勵與建議。

陳淑貞

# 目錄

Contents

# 目錄

*Contents*

# 目錄

Contents

# 目錄

Contents

# 主播是一種很獨特的新聞專業工作

# 壹

## 工作篇

# 你也可以當主播

我想要問你：「你以後也想當主播嗎？」

如果你的回答是：「是的，我以後也想當主播！」表情誠懇、語氣堅定。那麼，我要大大恭喜你！因為你以後真的很有可能可以當上主播，夢想成真。

因為你正處在一個大環境對你有利的時代。現在這個時代，傳播媒體蓬勃發展，科技發展日新月異，更開闢了網路新聞新天地，當個新聞主播，已經不像十多年前那樣地遙不可及；相反地，因為電視新聞頻道衆多，競爭激烈、百家爭鳴，有很多電視台新聞部都敞開大門，求才若渴，歡迎對新聞工作有興趣的年輕人加入。也因此，只要你願意努力，當上新聞主播的機會，當然就多了。以後，我也可能就要叫你一聲：「主播」！

但如果你還不是那麼確定自己未來要做什麼？只隱約覺得自己好像對電視新聞工作有興趣，很希望自己能夠像電視上新聞記者或主播報導新聞一樣，口若懸河、成熟穩重、自信亮麗。那麼，別退縮！我也鼓勵你，只要有興趣，日後有機會不妨一試；說不定，你有著連自己都不知道的潛力與天賦，是一匹「主播」千里馬，就等待「伯樂」慧眼識英雄來發掘！就好像我自己，當初能夠走上電視新聞這條路也是一個偶然。以前還是個學生的時候，從來不知道、也不敢想，有朝一日，我竟然可以成為一個主播呢！

過去電視新聞在只有老三台時代，因為電視新聞記者錄取名額有限，在僧多粥少的情況下，想要進入電視新聞圈的門檻非常高，當初我也曾試著去報考過一次，並沒有過關。因為我在大學的時候，並非就讀新聞專業本科系出身，幸運的是，大學畢業後，適逢台灣傳播媒體有線及衛星電視開放時代，當時台灣第一家有線電視新聞網「真相新聞網」應運而生，在成本有限的考量下，願意培訓一些雖然沒有新聞相關背景，但對電視新聞工作有興趣、並且有潛力的新人。在這樣的情況下，我幸運地被錄取了，於是在一九九四年，順利跨入從事電視新聞工作的第一步，除了每日新聞採訪之外，在公司內部試鏡主播甄選後，還被選上得以同時兼任主播。真相新聞網開播之初，新聞都以先預錄的方式，然後「跑帶」，就是將錄影帶送到各系統台播出，而且一天可以重複播八次，曝光機會非常高。後來才改採播報新聞衛星現場直播。這對一個新人來說，真是非常難得的機會，因此總是心懷感激，並且把握機會努力學習與表現，希望能夠一直不斷地有更好的表現，直到現在。

放眼現在台灣傳媒的發展，又更一日千里了，台灣電子新聞媒體的密度是全世界最高的，令人咋舌。一個小小面積只有三萬六千多平方公里、二千三百萬人口的台灣，目前卻有民視、台視、中視、華視、公視等五家無線電視台，民視、三立、TVBS、中天、東森、年代、非凡等七家二十四小時有線電視新聞台，另外，還有台視財經台、中視新聞台、華視、公視及民視所屬的台灣交通電視台等無線數位頻道都有在播新聞節目，以及慈濟大愛和人間衛視等宗教頻道也有自製的新聞節目，來宣揚他們的宗教理念；最近頗受人矚目的，還有壹電視新聞台因被國家通訊傳播委員會（NCC）認定其「所規劃的新聞節目，以動畫與類戲劇手法表現新聞，不合乎新聞報導應真實呈現的要求」，一度遲遲無法拿到電視新聞頻道執照，而決定轉戰不設限的網路新聞，大張旗鼓地進軍網路新聞市場；同時許多媒體業者也看好網路新聞前景，準備加入網路新聞戰場，包括聯合新聞網也推出聯合影音網，有自家的網路新聞主播。所以算一算，不管是電視台的專任、非專任主播或網路主播，在台灣可至少有約一、二百位新聞主播呢！

在這樣一個高度競爭的電視新聞環境中，伴隨而來的是收視率及商業廣告大餅的惡性競爭，導致不少新聞品質低落的負面批評。但不可否認地，這樣一個具有高度競爭的電視新聞環境，卻反倒提供給一些對未來有志從事電視新聞工作，又欠缺新聞實戰經驗的年輕人，一個絕佳入門的契機。因為機會多了，進入電視新聞圈的門檻相對低了，有多一點機會可以「從做中學」，快速累積新聞工作經驗，若有應徵機會，可得好好把握。但要提醒你，新聞工作不同於娛樂業，新聞講究真實、平衡的報導，新聞專業是一定要顧的，新聞報導的社會責任，不容抹滅。也因此，通常電視新聞記者在坐上主播台之前，都會先在採訪線上磨練一下，表現傑出者經過試鏡後，再擇優送上主播台。也就是說，從電視新聞記者做起，到坐上新聞主播台之路，就更近了；這也是一條新聞專業走向的正道，讓你實現「主播夢」，指日可待！

## 主播的工作性質

想要立志當個新聞主播，當然要先了解一下，主播的工作性質到底是什麼？還要明白當主播到底需要具備哪些條件，才能勝任工作要求。然後再將這些資訊與自己的興趣、和其他條件相比對，才能比較明確地判斷，自己適不適合主播的工作。每個人工作潛能的發展，本來就有很多可能性，千萬不要看輕自己；而每個當新聞主管的人，對於拔擢他所認為適合當主播的人選，也都可能有不同的評價。因此，這本書是我個人的想法，無所謂絕對的對與錯，純粹只是一家之言而已。只希望能從一個資深主播十多年實務工作角度出發，提供給未來有志從事主播工作的年輕人，一些參考。

很多人都想「做主播」，但一般而言，「主播」二字，其實是一種比較籠統的新聞工作稱謂。如果要詳細來劃分，電視台內的主播，又可以區分好幾種不同的工作類型。若以播報的內容來區別，就可以分為一般新聞主播、財經新聞主播、氣象主播及體育新聞主播。若以播報的語言來區分，在國內較常看到的有國語主播、台語主播、原住民語主播、客語主播及英語主播。有些主播可以用一種以上的語言來播報新聞，像我每天都要用國語及台語來播新聞，也可以稱之為「雙語主播」。但如果再以平時要不要兼跑新聞來區分，目前在電視新聞界，我們普遍稱平時主要專責每日新聞播報，不用負責每日新聞採訪的主播為「專任主播」；而同時需要兼負每日新聞採訪與播報工作的主播為「記者主播」。另外，若再以播報時段在周間（週一至週五）或假日（週六、週日）來區分的話，也可以將主播區分為「周間主播」及「假日主播」兩種型態。看起來主播似乎可以分為多種不同的型態，但因為現在大多數的電視台都會靈活運用人力資源，所以，有時候這樣的區分並不是絕對的。通常在配合重大新聞調度及新聞部整體人力資源安排的情況下，專任主播必要時也會出採訪任務；周間主播有時候也會在假日上主播台。

主播的工作，當然最主要就是播報新聞。每天國、內外發生的重要大事，透過電視新聞主播的報導，讓電視機前的觀眾朋友，即使不出門，也能掌握天下大事及最新即時訊息，真是一件很有意義的事。真正做到「秀才不出門，能知天下事」。主播是播報新聞的人，不只是觀眾認知新聞事件的橋梁，每則播出的新聞，也都代表著新聞部整體新聞團隊的努力。主播是代表電視台整個新聞團隊，出來呈現當天整體新聞表現的人。英國認為主播是"News Presenter"，是新聞的呈現者，是說明與傳遞新聞的人；我也認為，主播其實是一種中介的角色，代表著新聞部與民眾間傳遞新聞訊息的一種管道。

現在有線電視二十四小時新聞台盛行，新聞主播的需求量很大。因此，每個新聞台都會有幾位專任主播，主要工作是負責每日新聞播報，以維持每日新聞播報人力穩定與新聞播報品質；也因為專任主播每天在電視上露臉播新聞，每天播報三、四個小時不嫌多，在螢光幕前曝光機會多，社會知名度也會相對提高，某種程度，也會被視為是公司的「門面」，代表著公司的形象。因此，通常電視新聞台在遴選專任主播時，都格外慎重。另外，針對二十四小時新聞台的運作，「主播數量」的需求很大，主播人員的培訓也相對重要。所以，除了有專任主播之外，通常在假日，各家新聞台都會儘量安排記者主播上場播報，多多讓記者們培養新聞播報專長，避免主播人才出現斷層。

主播的工作，除了播新聞，有時候在發生突發新聞事件或有重大新聞議題時，常會需要臨時現場訪問特別來賓。有些可以事先規劃，但有些時間上有急迫性，也可能當天才緊急安排訪問，這就要考驗專任主播臨場訪談能力。所以主播在成為專任主播之前，都會先經過一段採訪與播報的磨練，長時期的經驗累積，訓練專任主播在應付突發新聞或攝影棚來賓訪談時，可以來者不拒、迅速接招，而且態度沉穩、反應快速、處變不驚，這些都是專任主播常常需要面對的挑戰與考驗。

## 主播台上的一天

在主播台上的每一天，都要「處變不驚、臨機應變」。

專任主播為了要維持每天播報新聞的水準，在每天播報新聞前後，除了每天進攝影棚播報新聞以外，還是有許多事前準備及事後檢討工作要做，就是希望每天進棚播新聞的當下，都能有最完美的呈現。

想知道主播工作的一天，到底是如何渡過的嗎？不妨放鬆心情，就跟著我一起來上班，一探究竟吧！

目前，我最主要是負責播報民視新聞台午間新聞時段，中午十二點到下午二點新聞，前一個小時國語播報，後一個小時主要是台語播報；接下來，就是播報下午四點到四點半的國語新聞，以及下午四點半到五點的國際新聞。基本上，專任主播的上班作息，就是跟著播報班表跑，以我日常進電視台的一天工作來說，早上一進公司，必須先與各級主管、編輯等召開每天例行性的製播會議。

# 壹

## 工作篇

### 一．製播會議　掌握新聞脈動

通常新聞部的製播會議，一天舉行兩次，上午最主要是為午間新聞做準備；下午主要是為晚間新聞做準備。因為在各家電視台的新聞部，每日的午間新聞及晚間新聞都是兩場主打的新聞硬戰，為了要播出當日最新、最即時的新聞報導，新聞人員所面對的截稿壓力非常大。會議的目的，是要讓當天參與新聞工作的各級主管、主播與編輯們，了解今日新聞的脈動及採訪走向。所以，在製播會議上，北、中、南各地方新聞中心的主管及新聞部採訪中心負責政治、生活、財經、社會、體育等各組路線主管，以及國際新聞中心主管等人，都會輪流簡報今日各新聞中心所開出的「新聞菜單」，讓大家知道今日新聞人力的部署，及派遣出去的記者，會「端出什麼樣的菜」回來，並同時集思廣義、腦力激盪，針對當天新聞採訪內容有哪些可以補強的部分提供建言，以強化當日新聞內容。

因此，在製播會議召開前，各新聞中心主管都已先和各新聞小組成員討論過，依據記者採訪路線上所掌握到的新聞線索、日報要聞、中央社重要活動預告、以及最新外電消息等等，協調與決定當天有哪些重要的新聞採訪。若各新聞中心的新聞有需要跨組整併的時候，也可以在這個時候提出或協調；當天若有重要新聞事件需要SNG連線，現場可能變數比較多，主管通常也會特別提醒，讓各節新聞編輯有心理準備，可以提前因應；編輯也可以依據在會議上所討論的新聞重點，預作新聞播出順序的安排。

不過，在了解各路線記者派遣狀況後，只是讓大家心裏有個底，大略知道當日主要新聞走向，並不表示當天新聞就會依樣畫葫蘆地播出來，因為落實到實際各節新聞的安排，仍然可能會有最新變數，主播和編輯都要隨時保持彈性應變。舉例來說，可能發生新聞正在播出的時候，原本排定在播出順序上的新聞，卻還沒做好趕不及播出時間，這時編輯就必須要臨時趕快調稿，讓其他已經做好的新聞先播出，免得開天窗；另外，新聞SNG即時連線時，也可能發生原本在排定時間要上場的重要人物，時間到卻沒出現，臨場改換其他人代打；或者新聞事件現場發生了緊急突發狀況，可能有人臨時鬧場、抗議，需要馬上進現場畫面；或新聞帶播到一半，發現電腦播錯新聞了，畫面要趕快回到主播台更正一下；最可怕的是讀稿機當機了！編輯台火速幫忙印來新聞手稿，主播還要若無其事地照播新聞；乃至電腦當機了，可能當下連新聞播出作業，都無法順利進行，必須要緊急播出新聞備用帶或進廣告等等，哪怕此時副控室裏可能早已一團亂，但主播這時就是最好的「擋火牆」，還是要神色自若、表情語調自然鎮定，好壓住場面，讓電視機前的觀衆絲毫看不出任何「破綻」。上述種種臨時異動，看來嚇人，但其實都已成新聞播出時的應變常態，新聞主播在播報台上，時時都要有危機處理的心理準備，方能臨危不亂。

## 二．主播邊化妝　邊掌握新聞

製播會議結束後，有時間的話，可以再上網或再瀏覽一下報紙，把剛剛會議中提到的重點新聞內容，再了解一下；沒時間的話，為了要播午間新聞，就要趕快開始整理今日的服裝造型。但在這段梳理過程中，還是需要隨時保持警覺，了解即時新聞狀況。所以通常會邊化妝、邊吹頭髮、邊聆聽電視新聞重點，利用時間在上主播台前，隨時監控新聞最新發展。所以新聞台主播化妝室的電視機，每天鎖定新聞頻道，讓主播即使在梳妝時，都能依然為上主播台報新聞預作準備。

外界常說，主播好像都有固定造型，例如總是穿著套裝、西裝，或梳「主播頭」等等，這其實是希望讓主播可以在觀衆面前，保持一種高度專業與俐落的形象，強化主播的可信度與權威感，並加強觀衆對主播的印象。十多年前，在我還在真相新聞網剛進電視新聞界時，還沒有像現在各家電視新聞台一樣，都擁有自己的專業造型團隊。當時主播除了自己不會吹頭髮以外（因為自己吹不來），每天的妝容都需要自己打理，所以主播還要上化妝課程。但近年來，電視新聞競爭激烈，各家電視新聞部大都將主播化妝與造型外包給造型廠商。不只同一個造型廠商會去標不同電視台的造型案子，這些造型團隊的成員也會相互跳槽，因此各家電視台的造型高手，常常也可以看到一些熟面孔。再加上大家普遍對於主播的專業形象，有比較「中規中矩」的要求，無怪乎很多觀眾覺得，各家電視台主播形象與風格似乎多半雷同。關於有趣的服裝造型話題，在後續的章節會有詳細說明。

## 三．播報新聞前　把握時間順稿

整妝完畢後，主播就要到編輯台看稿，準備要進棚了。雖然中午新聞原則上在午間十二點播出，但是各家電視台為了搶收視率，一般都會讓重要時段主播搶先進棚播報，希望緊抓一些收視觀眾群。所以觀眾如果看到中午新聞的主播，在十一點四十幾分的時候已經在交接播新聞，一點都不稀奇。只是中午新聞時段，本來也就是記者趕新聞最急的時候，常常記者十一點半左右才回到公司，短短半小時內要完成一則電視新聞的製作，包括記者要把新聞稿寫出來、將新聞稿的內容過音、再完成新聞影片的剪輯，時間非常急迫。為了趕時間，記者們回公司在電腦前寫稿時，通常只先打新聞稿頭交出，交代當則新聞重點，方便編輯及主播排序和順稿，然後就先到剪接室和攝影記者過音、剪輯新聞，後續再補打完整的新聞稿內容；也就是說，就算中午主播進棚前緊抓時間在電腦前看稿，其實很多新聞的稿頭或內容，都還是要等主播進棚以後才會送到。大部分中午新聞的稿子都是主播在坐上主播台後，才第一次看到，只能利用在主播台上，播報此則新聞的前三十秒到一分鐘的時間，迅速瀏覽、快速消化、立即播出，因此主播及時反應能力要很強，每天播一節中午新聞，都是一次強力的腦力激盪。但主播在尚未進攝影棚順稿的時候，可以將記者所寫的新聞稿頭，修改成比較適合主播個人的口語播報風格，如果此時發現稿子有錯字或語意不清等問題，就可先提出討論確認，減少播報時的困擾。

主播是一種新聞專業工作，而非播報機器，與其他新聞專業工作類型一樣，主播在新聞製播過程中，必須做好事前準備工作。一位稱職的主播，可能比所有只負責單一或少數採訪路線記者更辛苦，因為主播必須要全面掌握每天各項新聞重點，而不能只關注特定新聞事件，才能在播報到每一則新聞時，讓觀眾感受到主播對這則正在播報的新聞，有透徹了解，因為觀眾的耳目都很敏銳，主播在播報新聞時，只要在語氣乃至面部表情上稍有遲疑或不順，就會減損主播的權威感。為了確保這種權威感於不墜，主播當然要做好播報前的準備工作。由於專任主播幾乎每天都要播新聞，累積下來的每天播報經驗相當可貴，相對也可減輕第二天播報前的準備壓力，因為新聞內容雖然每天都更新，但每天播報新聞就會發現，對於一些重要新聞事件通常會有持續追蹤的後續報導，因此專任主播相對便能較輕鬆地掌握到新聞事件最新發展脈絡；反倒久久才播一次的主播、或是專任主播放長假回來再度坐上主播台時，通常準備順稿時間就要比平常更拉長一點，才能把上主播台播報時的「新聞感」找回來。

## 四．主播台上一心多用：心到、口到、眼到、耳到、手到、腳到

別看主播在電視螢光幕前好像只是動動口、播播新聞而已，其實主播很忙！不只花時間做事前準備，連在主播台上都要能「一心多用」，方能「面面俱到」。因為訓練主播基本工，要能「六到併用」，包括：**心到**、**口到**、**眼到**、**耳到**、**手到**、**腳到**。我常笑說：「一次只能做一件事情的人，恐怕不適合當主播」。

### 1. 心到：心要能定。

一定要專心、用心。因為新聞是現場播出，新聞專業標準很高。基本上，新聞內容與新聞作業不容許絲毫錯誤。雖然，實際運作起來相當困難，因為新聞現場播出，無法NG重來；縱然難免會出現疏失、有不完美之處，只能力求更嚴謹把關。但每位認真、有理想的新聞工作人員，都會將精確新聞報導視為指導原則。也因此，主播每一次播新聞，都是處在極度高壓、精神集中的狀態下工作，不能有錯，必須要情緒穩定、全神貫

注，方足以應付。

**2.口到**：嘴巴要說。

主播在主播台上當然是要用嘴巴說，報導每天最即時的新聞。而且口齒要清晰，聲音要好聽，才能吸引觀眾聽你播報新聞。

**3.眼到**：眼睛要看。

主播動口說新聞的時候，眼睛也要看。因為主播的攝影鏡頭前設有讀稿機，主播要邊看邊唸；主播台上設有電腦，與公司新聞部系統同步連線，主播也要看，必須隨時注意當節新聞播出順序調動情況，也可幫助主播在新聞播出的前一刻，仍能抓緊時間，迅速瀏覽新聞稿頭。

**4.耳到**：耳朵要聽。

主播在播報新聞時，耳朵都會帶著耳機。因為新聞播出作業流程變數太多，包括調稿、連線、進廣告、及每則新聞鏡頭要回到新聞主播身上時，導播都要透過耳機倒數計時，掌控流程。主播在主播台上如果發生任何問題，恐會影響新聞播出作業，也都要隨時透過迷你麥克風及耳機向導播反應，好及時解決。

**5.手到**：手要動。

主播在面對鏡頭播報新聞時，適度的手勢動作，可以增加報播氣勢，有加分效果。另外，主播在主播台上，也要同時用手操作電腦，掌握當節新聞最新排序及順稿；若有需要更改新聞稿頭時，也可以立即在主播台上的電腦修改，所以，主播雙手打字也不能太慢。

**6.腳到**：腳也要動。

有人可能覺得奇怪，主播「播新聞」和「腳」有什麼關係呀？現在讀稿機的操作，要靠主播自己踩「腳踏板」來運作，主播可以依照自己播報新聞的節奏，決定踩腳踏板的速度，要踩快或踩慢。以前讀稿機的操作，是設在副控室裏，新聞部就會多挪一名人力，每節新聞幫主播操作讀稿機，主播只要專心播報新聞就好了。但現在新聞部也講究精實人力，所以，主播要看讀稿機，就請自己DIY了！

## 五．播報台上的突發狀況

在主播台上報新聞，除了要一心多用，專注在新聞內容的報導之外；臨危不亂，盡力協助維持整個新聞播出作業的流暢，也是一項重要工作。尤其是在每天重要新聞時段，如午間新聞及晚間新聞等時段，由於播出的都是當天最新的新聞，在整節新聞播出的過程中，變數最多，需要小心應付，全力以赴，播報台上還常有一些突發狀況！

### 1. 插播最新消息

現在各新聞台白天大部分各節新聞，尤其是午間新聞及晚間新聞都是現場播出，因此，常常有最新消息插播。而當臨時插播新聞時，有時可能太緊急，連事先順稿的機會都沒有，一看到稿子的當下，就必須要馬上報導出來。這時，就會出現一個危機，萬一稿子有錯字、語意不順、或主播會錯意或唸錯的時候，就糟了！通常這時就需要提醒自己小心，最安全的方式是照稿唸，唸稿的速度還會刻意放慢，給自己的腦子一些轉圜空間，好可以邊唸邊理解新聞事件，這時「唸正確」最重要，不要搶快！也預留萬一唸錯，可以有再「更正」的補救機會。

有些在預先行程表內的插播新聞現場連線，可以有事先準備的機會。在製播會議時，主管會先預告在稍後播出的新聞中，可能會插播即時新聞。例如每年美國紐約時報廣場的跨年，剛好是在台灣時間下午一點鐘，通常在午間新聞中，會即時切入外電新聞現場轉播「水晶球跨年倒數」的熱鬧場面，這時主播就需邊看畫面，邊說新聞，帶著電視機前的觀眾朋友一起來倒數。至於每年跨年倒數有哪些特別值得一提的重點，可以事先蒐集一下資料，讓主播「看畫面，說新聞」的現場轉播報導更豐富。

## 2. 發生突發新聞緊急連線

像上述這種可預知的新聞，都還算在掌握之中；有一種是真正突發的新聞，完全無法事先掌握，馬上就要進現場，比如說正在播新聞的時候，發生了有感地震，現場新聞攝影棚震得搖晃不已，副控室也一陣驚呼。這時，第一時間可能就會決定由主播立即報導地震新聞，說明「現在正在發生有感地震，連新聞攝影棚的燈光都被震得搖晃」，並由現場棚內攝影記者拍攝新聞棚內燈光晃動的畫面給觀眾看，「至於地震的強度如何？是否有造成人員傷亡及財物損失？稍待一會兒有最新消息，隨時為您作進一步的插播報導。」當下主播的臨場反應要很快才行。

有的時候，是場外的新聞事件有突發狀況發生，緊急到要切斷正在播出的新聞進現場連線。通常導播會透過耳機，簡短迅速告知主播到底發生什麼事，讓主播在進現場連線時，可以先告訴觀眾。但有時，也可能緊急到只知道有突發狀況，要趕快進現場畫面，卻不清楚到底發生什麼事？此時，即使主播對事件的了解一頭霧水，還是要鎮定地轉場說：「剛剛收到一則最新消息，發生了一個突發狀況，我們趕快透過現場連線畫面，來看最新情形。」無論如何，都要把新聞畫面穩穩地交接過去才行。

少數嚴重的突發新聞，有時需要擴大為整節新聞特別報導。這對主播的專業是極大的考驗，但對主播而言，也是最能帶來成就感的挑戰。當平常的新聞都暫停播出，只針對一項重大突發事件來報導，陸陸續續就會有相關新聞送進棚內即時插播。若導播提醒主播「多說一點」，主播就要想辦法用不同的口語表達方式、不同的角度切入，不斷地重複說明新聞事件的最新發展，一方面讓新聞不斷線，爭取讓導播、編輯與記者等新聞部人員有聯絡應變的時間；另一方面，也要避免讓觀眾覺得新聞內容乏善可陳，所以主播就要展現「說新聞」的能力，為大家爭取時間，好讓各方消息都可以源源不絕地進來。

### 3.讀稿機出問題時

電視新聞攝影棚裏一般都設有讀稿機，協助主播能更正確、流暢地在鏡頭前報新聞，免得主播老是要低頭看稿，在鏡頭前表情有時會不夠自然。讀稿機也能發揮新聞提示作用，避免每日新聞太多，不小心容易記錯或唸錯。當然，有了讀稿機，讓主播在播新聞時輕鬆不少，但也要小心避免養成「依賴性」，萬一某天讀稿機臨時當機或出狀況，而主播依賴讀稿機已成習慣、對新聞事件脈絡沒有充分掌握時，當下可就容易出糗了。

考驗總是會發生的，讀稿機果真偶爾會當機，就會讓正端坐在主播台上現場播新聞的主播很緊張，此時不僅要提醒自己鎮定，更要把當記者時現場連線的本領發揮出來，沒有了讀稿機可以依賴，每一則新聞報導都要靠主播現場發揮，用自己的話說出來。這時，主播的新聞專業能力就會在鏡頭前「現形」，是最現實的考驗。有實力、優秀認真的主播，每天都對新聞事件有充分掌握，頭腦清楚反應快，即使不用讀稿機，也能神態自若地在鏡頭前播報每一則新聞，甚至可能因為少了讀稿機的依賴感，反而能更自主地發揮而有更好的表現。播報一節新聞下來，觀眾根本看不出「有異常發生」。那麼這主播的考驗就是成功地過關了！反之，若新聞播報得不順，結結巴巴，那就表示獨撐大局的能力還不夠，還要在新聞專業上更加努力才行！

### 4.電腦當機時

讀稿機當機時，主播首當其衝；而如果當機的是新聞部副控的電腦系統，則整個新聞部的人都要繃緊神經了，因為新聞數位化後，新聞現場播出作業的運作，都要透過電腦系統，一當機，整個新聞部的戰力都受影響。因此，電腦系統的維護相當重要，資訊部也動員了大量的人力及心力每天確保電腦系統的順暢；只是電腦當機似乎總是防不勝防，偶爾來一次，就會天翻地覆，新聞部就要進入緊急危機應變程序。在新聞突然無法正常播出時，可能新聞畫面在導播的指揮下，就要立即先切進主播，由主播簡短致歉之後，先進廣告或暫時播出新聞備用帶，等電腦系統緊急修復後，再回到新聞現場。

### 5.播錯新聞帶

常看電視新聞的觀眾，一定也會發現，電視新聞偶爾也會出現「播錯新聞帶」。就是主播所報的新聞稿頭和接下來實際播出的新聞帶內容不相符。這時，當節的新聞工作人員，只要有人在第一時間發現錯誤，就會立即告知，導播就會透過耳機，告訴主播播錯了，請主播稍後可以即時略為說明一下，再回過頭來播「正確的」新聞或繼續播一下則新聞。當然，這也是考驗主播在播報台上應變能力的時候，但和上述提到令人「驚心動魄」的電腦當機、讀稿機當機或緊急重大連線比起來，屬於「小巫見大巫」！

### 6.吃螺絲或口誤

觀眾在看電視新聞時，一定也會看到新聞主播偶爾會有吃螺絲或口誤，當然，這會減損主播在播報新聞時的權威感，能不發生最好。只是，「吃燒餅沒有不掉芝麻的」，萬一真的發生了，還是要鎮定地繼續往下播，不要讓一時的失誤，影響後續的播報。播報口誤時比較麻煩，有時口誤主播會立即發現，可以馬上更正過來；有時連自己都沒有發現，就要等導播透過耳機提醒，這時主播就只能在報導下一則新聞之前，儘量用自然串場的方式，更正一下，試圖補救，提供正確訊息。

有些觀眾反而很愛看主播在鏡頭前有凸槌的窘態。可能主播的形象平常都正經八百，偶有凸槌，就會讓觀眾覺得特別好笑而印象深刻。記得以前在製作過年特別節目的時候，有時主播在新聞播報台上的小凸槌，像是吃螺絲或口誤等窘況，還會被蒐集起來當作花絮，在過年輕鬆的時候「搏君一笑」。不過，站在新聞專業的角度上，當然最好還是避免發生！

**7.主播身體不舒服**

其實，能當上主播，專業表現上個性應該都很好強，也都希望每一次在鏡頭前的播報，都能有最完美的呈現。但電腦都會當機了，人難免也會出狀況，尤其是身體不舒服的時候。很多人問我，通常主播在播報新聞時，想要打噴嚏或咳嗽該怎麼辦？大部分主播通常都會努力忍住，最好忍到唸完稿頭後再打噴嚏或咳個夠！但萬一忍不住，就在鏡頭前打噴嚏或咳嗽了，這的確會有點糗，但也沒有辦法，只好向觀眾致歉了。女主播偶爾還會有邊播新聞，耳環、別針等配飾邊掉下來的情況，這也都只能等播完此則新聞後，再做處理。

現在很多新聞主播常常一坐上主播台，一播就是連續兩小時；或重大新聞事件播報，例如選舉開票時，一播就要三、四小時；主播若臨時想上廁所，該怎麼辦呢？真的忍不住，還是別不好意思喲！可以先和導播協調，選擇廣告較長的時間來解決，速去速回。而在選舉開票特別節目的時候，雖然節目時間較長，但通常現場還會有其他聯合播報的主播及來賓，就可以互相協調配合對方。因為女性主播常常會在播報新聞中，忍住一些生理狀況，偶會聽到有人引發尿道炎等疾病。為了避免類似困擾以及播報時的尷尬，不妨習慣性地在上主播台前，儘量要先去洗個手上廁所，比較安全。

主播常發生的職業病還不少，包括主播在主播台上播報新聞時，常正襟危坐、腰桿挺直，長期下來，容易肩頸僵硬、腰酸背痛。主播上電視常要化濃妝，有人皮膚因此過敏；有時播報班表不確定，主播間的競爭壓力大，容易患得患失，主播也因為要長時間播報新聞，聲帶容易出問題。我自己在主播記者生涯中，就曾經因為發聲不當，導致聲帶長繭，連續一個月無法正常發聲，講話沙啞，不只無法播報新聞，連採訪回來的新聞帶過音，也都要找同仁幫忙，把我嚇到了。後來，就會特別注意喉嚨聲帶的保養以及發聲方式。

主播及記者常常生活作息不正常，三餐不定，長期累積下來，也容易引發腸胃疾病。我也有胃食道逆流的老毛病，不能空腹播新聞，因為午間新聞負責連播兩小時，要播到下午二點才「中場休息」吃午餐，所以早上一定要吃早餐，才有體力播新聞。每位主播都需要依照自己負責播報的新聞時段，來調整各自不同的生活作息。像晨間新聞清晨六點開棚，晨間主播可能每天凌晨四點就要起床上班；夜間主播則可能要播到半夜十二點或一點才下班，回家洗澡、吃飯、摸東摸西，恐怕拖到凌晨二點以後才上床睡覺，長久下來，有日夜作息顛倒的困擾。

一般而言，主播只要是上了主播台，哪怕正在感冒、發燒、喉嚨沙啞、身體不舒服，在責任心的驅使下，大多還是會逞強，總想撐過這一節的新聞播報再說，不輕易拋下。偶爾就會聽到有某主播在播新聞的時候昏倒了，或播完新聞後緊急送醫急救的事情發生。我也曾經有過一次驚險的經驗，早上起床，突然發現重感冒喉嚨沙啞，本來不以為意，想說可能一大早嗓子還沒開，稍後會好一點。沒想到，在主播台上播新聞時，愈講話情況愈糟，連在監看電視的新聞部主管都發現怎麼聲音不對了，緊急調派其他主播把我替換下來，讓我趕緊去看醫生，後來果然重感冒喉嚨失聲，連請了一個禮拜病假，在家養病。由此可見，要維持每日專業的新聞播報，主播的身體要健康，體力要好，真的很重要！

電視傳播業的盛行，讓社會大眾加深對主播行業光鮮亮麗的印象，對主播行業無比嚮往。但主播是一種新聞專業工作，而非播報的機器或花瓶，在螢光幕前新聞專業的呈現，最好要能由內而外，由內在蘊藏的知性、能量與專業，自然散發出來，讓觀眾信服，同時建立新聞播報的權威感，這都需要經驗的累積，才能有成熟的表現。所以在大致了解主播工作性質之後，你應該也已經發現，主播的工作並非完全如想像中那麼輕鬆，不僅是高難度的挑戰，還要辛勤付出、並且抗壓力強才行，但除此之外，想做主播，還需要具備什麼樣的條件呢？下一章中，會有更深入的討論。

# 俊男美女並非做主播的最重要條件

## 貳

## 條件篇

也許不少人有「主播夢」，但到底要怎麼才能當上主播呢？

對於這個問題，其實我也沒有一定的答案。我知道有人是從學生時代就立定志向，一心嚮往能考上知名大學新聞系或大傳等相關系所，就算一時沒考上，也希望日後能轉系，或投考新聞、大傳等相關研究所，乃至於懷抱出國留學，攻讀傳播學位的夢想。不少人想著，如果有機會拿到國外知名大學新聞或大傳相關學科的碩士學位回台，好像就有鍍金的效果，更容易跨入這一向被認為「高門檻」的電視新聞界。

沒錯！有人就是這樣成功的。從學生時代就很知道自己要什麼，也能依循自己的興趣與理想，設定目標，逐步攀爬上高峰，實現當主播的夢想。這種人的毅力與執著值得肯定。但也有人，卻只是憑著一股理想與熱情，就跨進了這個行業。在大方向對新聞理想的堅持下，懷抱著對新聞工作的熱忱，盡人事聽天命，全力投入而成功。有主播曾說，「主播的位置是別人給的」。原則上，我個人也很贊同這句話。因為電視台新聞部畢竟不是你家開的，不是家族企業，自己要怎樣就怎樣。

每位主播在主播台上的表現，雖然可接受公評，但在決定「誰能上主播台？播報什麼時段？」這些事情上，各公司高層可能仍然會根據種種主、客觀因素，各有考量。考量的重點可能包括：此人新聞專業是否能勝任？工作配合度好不好？收視率或觀眾緣如何？甚至個人品性操守及公眾形象等等，都可能納入綜合評量的依據。所以，對於一些在主播台上，一坐就能坐上二、三十年的資深主播，能在如此競爭激烈大環境下，還能數十年如一日，在主播台上屹立不搖。他們對於新聞專業的堅持及個人形象的經營，也讓我非常佩服。

## 當上主播　心懷感恩

主播的位置，畢竟是僧多粥少，能如願坐上主播台的人，總是相對幸運的。但是在幸運的背後，個人的努力、貴人的提攜及天生的資質，都不容抹煞。本人從事電視新聞工作十多年來，一直都有幸擔任主播工作，從一開始加入有線電視「真相新聞網」，在沒有特殊身家背景、不認識什麼新聞界人士的情況下，卻能獲得機會得以同時兼任記者與主播；後來陸續跳槽到「超級電視台新聞部」及到「民視新聞部」，都是如此。一路「從做中學」，採訪與播報兼具，逐漸奠定厚實的新聞基礎。直到後來，民視成立二十四小時新聞台，需要有主播專職播報新聞，於是後來轉任「專任主播」。記得初任主播時，常常有人好意稱讚我播報新聞有「大將之風」，聽了頗開心，深受鼓勵，總希望有天趕快變成「一員大將」。除了自己努力外，不忘感謝家人、朋友的支持、同仁的愛護、長官的提拔、觀衆的肯定……好多好多人要感謝，總讓我想起陳之藩先生的那句話：「要感謝的人太多了，那就謝天吧！」所以，我總愛說，「感謝老天爺賞我飯吃」，讓我講話的時候，可以口齒清晰，表達能力佳；人雖長得不是很漂亮，但至少在鏡頭前上相、有觀衆緣，讓我得以吃電視新聞這行飯。

## 主播第一關：口條好、台風穩

並不是每一位在電視新聞界工作的人，都適合或都有機會可以做主播。想要當電視新聞文字記者及主播，通常要經過試鏡，因為不管是新聞現場連線報導或上主播台播報新聞，第一關就要知道你口條好不好？表達能力行不行？是否口齒清晰？聲音好不好聽？是否有膽量在鏡頭前說話？面對鏡頭說話，會不會結巴？而想要當主播，更要通過試鏡，進一步篩選在鏡頭前是否上相？是否有觀眾緣？是否敢在鏡頭前大方表現自己，儀態沉穩大方？播報新聞是否流暢自然？會不會讓觀眾第一眼看到你，就看不下去？還是會吸引觀眾的目光，願意看你報新聞不轉台？

## 外型上相、有觀眾緣

一般人談到做主播的條件，總以為不論性別，長相是最基本的條件，甚至在一些有關主播動向的新聞報導中，也總喜歡用「俊男美女」這四個字，來概括主播的形象。但其實，一個人俊美與否，是一種很主觀的判斷，隨人不同。你說某一主播很俊美，其他人未必同感，反之亦然。比較內行的說法應該是，只要上了妝，搭配好一定造型後，在電視裡讓一般社會大衆看起來還覺得順眼，也就是說，有一定程度的觀衆緣，就算具備了做主播在外型長相方面的基本條件，但因為選主播，畢竟不是選美，除了外型長相外，還要有新聞專業等綜合考量。長得漂亮英俊，在螢光幕前工作，當然會有某種程度的加分效果；但除了臉蛋之外，在新聞部裡工作，頭腦裡面的東西也很重要，並不完全是憑長相美醜來選主播。

更何況，現在電視台新聞部裡，都設有專業造型團隊來幫主播打理門面，包括服裝、耳環、配飾、髮型、化妝等等，都各有專人負責，主播的專業造型，也是目前造型美容業界一項重要的專業項目。在造型師的專業巧手下，就算成不了「俊男美女」，至少也都是「型男型女」，真是不用擔心。我就常覺得，髮型師、化妝師、服裝師都很像魔術師，很厲害，在巧手魔技的施展下，可以「化腐朽為神奇」，連自認為不是美人胚子的我，都能變得既漂亮又神采奕奕。果然一整裝、造型打理完畢，就像換了一個人似的，有了「主播樣」。所以，對於有志從事主播工作的年輕人而言，長相如何，應該不是特別需要擔心的問題。一般來說，只要長相正常就問題不大，除非臉部有特別令人看了不舒服的瑕疵，需要另外處理或考量。

令人莞爾的是，現在主播可能比較不擔心自己在螢光幕前不夠俊美，反倒要擔心的是，私底下一旦恢復素顏，美麗魔法消失，是否會變成狗仔隊追蹤與調侃的對象？反而成為現在主播的另類困擾！

至於年齡，也不用太擔心，現在新聞台多，新聞時段多，新聞也多元，主播年輕、成熟，各有觀眾群。二、三十歲就能當上主播，雖然可喜，但新聞歷練稍嫌稚嫩，不利於主播權威的建立，還需要在專業上多磨練；不過，年輕有活力的播報新面孔，還是觀眾吸睛的焦點。另外，有許多觀眾熟悉的資深主播或氣象主播，雖然年紀已四、五十歲或超過，仍屹立在主播台上，同樣受到觀眾喜愛。以西方社會來說，年紀超過四十歲的主播比比皆是，略顯滄桑的臉龐與幾許霜白的髮絲，凸顯了主播豐厚的資歷與無比的權威感，也深受觀眾信任，絲毫不因年歲較長而減低繼續做主播的條件。但資深主播也有自己的難題要克服，比如說雖然經驗豐富，卻在年齡較長後體力減弱，如何在保持身心健康及應付緊繃高壓的電視新聞工作之間，取得平衡，並且每日維持處在專業高峰狀態於不墜，成為一項隨年齡增長要面對的挑戰。

現在我們知道，當主播的條件，是不是俊男美女並不一定很重要。目前各家新聞台並沒有要求男主播一定要很帥，或女主播一定要很美，只不過基本上，外表仍要上鏡頭，電視台應徵電視文字記者或主播時，都會要求試鏡。但上不上相跟你是不是俊男美女，有時候未必成正相關。有些人私底下不起眼，偏偏上了鏡頭，像變了一個人似地超亮眼；而有些人則是當面看超俊美，但一上了鏡頭後，反而閃亮魔法消失，平凡無奇。

除了要上相，在鏡頭前有觀衆緣也是很重要的，也就是，要讓觀衆看了不討厭，會想要多看兩眼或多加親近。萬一觀衆覺得每家新聞都差不多，不太想看新聞的時候，至少還可以「看看主播」。這對觀衆來說，可能有另類「補償」效果吧！而可以吸引觀衆留下來「看主播播新聞」，對電視台來說也是好事，因為可以提高收視率。可是「觀衆緣」又展現在什麼地方呢？除了外型長相之外，還可能牽涉到主播說話的技巧，及主播呈現的個人風格造型與魅力。譬如有些主播屬於「親切型」，說話較為口語化，希望能在鏡頭前展現親和力，拉近和觀衆的距離；有些主播是比較「嚴肅型」，播報新聞中規中矩，希望以不出錯的真實報導，建立觀衆的信任及新聞權威感；還有主播播報新聞是比較「說理型」，試圖用更大格局的角度來敘述說明，引導觀衆跳脫單一新聞事件，以了解新聞事件及人物，建立新聞主播有深度、理性報導的專業形象。

面對各種不同風格的主播，究竟什麼樣的風格，才適合自己？其實也是因人而異。一般來說，造型師和公司主管會給建議，但大致上，都還是順著每個主播個人所展現的主要特色去發展。像年輕的主播，可以清新甜美；成熟的主播，可以理性專業。主播群中，有人婉約，有人強勢，有人自然親和，有人中規中矩。對於風格的呈現，主播自己的意見也很重要。如果主播能清楚地知道，自己希望在觀衆面前呈現的是什麼樣的播報風格，播報新聞時，將造型與個人播報新聞的形象結合，凸顯個人特色，將有助於樹立主播個人風格，加深觀衆印象。

至於主播個人風格要如何樹立呢？通常主播為了要展現新聞權威，搏得觀眾信任，便試圖建立制式的主播形象，往往穿著套裝，留短髮，展現知性感，這也是主播較為傳統並且廣被接受的形象。但現在電視新聞比較多元，觀眾的接受度也較為開放，因而看到電視上主播的形象慢慢有一些新的變化，譬如說主播的服裝，除了傳統的套裝之外，現在也有主播會穿著比較輕鬆的襯衫或洋裝等衣服。女主播在服裝的配件上，除了傳統的耳環、項鍊、胸針、胸花外，也會增加絲巾或漂亮的內搭來加以變化。男主播能變化的花樣，相對就比較有限，除了西裝、襯衫顏色、領帶樣式及顏色可變化外，還有男主播會故意帶上無鏡片的有框眼鏡播新聞，希望在鏡頭前，呈現男性穩重、有深度的專業形象。

對個人形象造型有主見的主播，會試圖設計自己的造型風格；同樣地，說話亦是如此。講理的、知識性的、或訴求權威感的，就會用比較嚴肅正經的口吻來播報新聞；而訴求親和力的，就會用比較口語化的方式來「說新聞」。有些主播在播報新聞時，甚至還會國、台語夾雜，可不是發音不標準而是故意的，因為知道在觀眾群中說台語者眾多，希望藉此來拉近與觀眾的距離。這些都是依照每一個主播的自我個性來呈現，也就是說，做主播的條件，包括說話及播報新聞的方式與技巧、是否上鏡頭以及具備觀眾緣、還有主播服裝髮型等造型的打理等等，都是主播塑造個人風格需注意的要項。關於主播的播報風格及服裝造型打理也是一門學問，稍後有專章和大家細說分明。總之要好好地經營，不斷地修正，久而久之，觀眾就會習慣你，想要看你！

## 好主播　先從記者入門

事實上，除了主播的外型及口條外，新聞工作經驗資歷的累積，也是擔任主播的重要條件之一。想當主播，一般要先從記者入門。雖然，現在常在電視上或校園裡，看到有不同媒體或學校紛紛舉辦主播大賽，似乎向大家昭告著：實現主播夢想，指日可待。

但其實，主播大賽通常只是順應社會上眾多年輕人，對於電視新聞主播工作的憧憬，所舉行的活動宣傳或徵人花招。在迷思下，多數人會以為，只要應徵主播就可以立刻坐上主播台播報新聞，實際上並不盡然。現在一般電視公司在錄取員工時，通常不會單純只錄取主播新人，也就是說，儘管在主播大賽活動中表現優異，脫穎而出，但在缺乏新聞實戰經驗的考慮下，電視公司都還是希望主播新人能有記者採訪經驗，累積在不同新聞路線採訪經歷後，再升為主播，或者是從擔任「記者主播」開始，同時兼任記者與主播兩項工作，可能平日負責採訪新聞，假日再播報新聞；或早上負責播新聞，下午再跑新聞，由採訪與播報並進的方式，逐步累積經驗。因此，很少直接看到「應徵主播」的招募出現，即使有些電視公司打出前進校園尋找主播為號召，新人跑來應徵為主播，後來也不會只是播報新聞而已，電視公司仍會安排新進主播先去跑線歷練，熟悉電視記者每日新聞採訪內容，及了解整體新聞作業流程。

電視新聞記者要有本領立即將所看到的新聞事件，轉化為現場新聞報導，這方面，可以透過每日新聞採訪的實戰訓練，以及大大小小的現場新聞連線，加強口語表達能力。電視記者現場連線具有多重訓練效果，除了可以磨練膽識、在鏡頭前表達能力及現場即時反應之外，還有一個好處，就是可以培養成為主播時「看畫面、說新聞」的能力，因為主播需具備結合畫面與話語的敘事能力。從新聞播報來看，電視主播常常會遇到在播報途中，有最新的連線或畫面要插播進來，而這些訊息，很可能先前都不曾看過或發生過，主播必須要在看到連線新聞畫面的第一時間，就要馬上播報，必須「邊看畫面、邊講話」，第一時間就要告訴觀眾，新聞重點是什麼；而且主播在說話的口氣上，也要注意，如果是嚴肅的新聞，如有重大政策宣布，口氣上要略顯莊重；如果是發生抗爭或突發災難新聞，通常情況緊張、有衝突性，口氣就會略顯急促；若是像跨年煙火、歡樂慶典等活動，同樣地，在口氣及表情上也會適度配合畫面的播出，調整為輕鬆的口氣，才能帶領觀眾有如身歷其境。

但要注意的是，主播播報新聞要讓觀眾信服，口氣或表情隨新聞事件適度傳達即可，太誇張的戲劇性效果、或「表錯情」，例如在報導悲慘事件新聞時，還在微笑，就非常不適當。有關主播在播報時「說新聞」的能力與對新聞事件「情緒傳達」的拿捏，再再都需要靠採訪經驗的累積，才能逐步奠定厚實的新聞播報基礎。

## 新聞資歷累積　為播報新聞紮根奠基

要求主播必須累積採訪經驗一事，並不難理解。一則新聞報導，從事件現場素材被記者採訪拍攝，製作成新聞，到編輯排入每日新聞播出順序中，最後由主播播報，將新聞傳達到觀衆面前，每一個環節，都要緊密扣連，每日的新聞播報才可以順利完成。誠如第一章所提到，主播的工作並不僅限於播報，有時還要現場訪問來賓，並有大大小小現場突發事件需要臨場應變，有時甚至要緊急現場連線。因此，主播的工作，必須要奠基於對新聞產製流程的充分理解，與新聞部内外線上工作人員相互配合，才得以順利掌控及協助整體新聞播報的進行。

在主播台上突發狀況很多，舉例來說，當有突發新聞或緊急事件發生時，比如說大地震，新聞編輯台一時之間還無法與外派記者聯繫上時，主播必須要撐住場面，負責拖延時間。我總是故作輕鬆地當玩笑話說，就是「我們都要將最新消息，從頭到尾講一次、從尾到頭講一次、然後，換個角度再講一次！」這樣主播就要具備很敏捷的現場反應能力才行。還有時新聞播到一半，耳機可能傳來副控室導播要求主播臨時更換新聞內容，插播突發事件的相關消息，主播在更換播報內容時，便不能顯得慌亂或出現口誤；同時主播與場外記者現場連線報導時，若因現場狀況突然改變或衛星訊號出現失誤，主播也要知道該如何向觀眾說明，而不能呆滯在主播台上。此外，主播在新聞節目中訪問來賓，因為是現場播出，無法完全預料來賓的發言內容，主播也要對訪談議題有充分了解並發揮適當的臨場反應能力，引導來賓順利完成現場訪問。凡此種種狀況，皆非主播事前可以預見，而現場播出的新聞節目，又不能暫停重來，節目是否能順利進行下去，端賴主播的臨場表現了。所以，要做一個稱職的主播，真的不是外型姣好及口齒清楚就能勝任，新聞反應能力的強弱，也是做主播的一項重要條件。

由此可知，主播的角色不應只是播報的機器或花瓶，仍需深化新聞採訪能力，累積新聞經驗與厚實的新聞專業素養，主播之路方能走得長遠。鏡頭前的主播，何以能在狀況不斷的主播台上，保持臨危不亂？就是台下主播們經過長期採訪與播報經驗累積，鍛鍊出了強心臟。也唯有從記者入門做起，在全盤了解新聞流程後，才能幫助新聞人成為一名主播時，面對各種突發狀況以及緊急新聞應變，能夠從容應對，遊刃有餘。

在許多西方國家，電視新聞主播往往是經過了相當長時間的新聞採訪歷練，才有機會坐上主播台。以大家熟知的美國資深主播CBS華特·克朗凱和丹·羅瑟而言，都是從基層新聞記者做起，在累積了相當豐富的採訪經驗後，才開始做主播，也唯有當主播有相當程度的新聞工作資歷後，才有可能以主播身分，掌控新聞節目內容取向。在台灣，現在大多數的電視台，也會要求主播不定期地出外採訪新聞，以免新聞工作的基本工有所生疏。有重大事件或重要活動發生時，電視台甚至還會把主播台搬到新聞現場，這時主播就要兼顧新聞採訪、主持與播報工作，挑戰就更艱巨了！當然，如果場外播報任務順利完成，所獲得的成就感也會更大。

不過，現在二十四小時新聞台很多，對於主播的需求量也很大，難免對於新聞主播跑線採訪的能力，較無法對每個人都嚴格要求，所以會有一些空間讓比較沒有採訪經驗的記者，也可以在短時間內就坐上主播台，但也往往因為新人主播對於新聞基本工的訓練不夠紮實，導致觀眾時有「主播不夠新聞專業」的感嘆。但如此，也可從中看出，雖然有很多新人主播快速地坐上主播台，可惜經驗不夠深厚，或者對新聞專業本身的興趣不高，風光一段時間後，就轉行離開了主播台，主播的生命週期也相對短了許多。有句話說，「師傅領進門，修行在個人」，在坐上主播台後，主播生涯能有多長？終究還是要看個人對新聞專業的投入與執著有多少？只有把握機會，不斷的努力與自我充實，主播之路才能走得長遠！

## 知識涵養　有助新聞掌控

為了擺脫主播只是新聞讀稿機的負面批評，主播知識涵養的充實很重要。主播每天要播報的國內外大小事，包羅萬象，囊括政治、財經、社會、司法、生活、體育、影劇乃至國際消息等等，因此，主播要培養廣泛涉獵各領域相關背景知識的興趣，具備豐富的知識涵養，來應變每日各式各樣、源源不絕的新聞訊息。舉例如下做為參考：

### 1. 應具備政治相關背景知識

在台灣幾乎年年有選舉，作為政治熱衷度較高的國家，政治新聞經常躍上每日新聞主軸，所以主播應該要具備政治方面的相關知識。舉一個較簡單的例子，針對重大政治制度的變革，如立法委員的選舉制度，在二〇〇七年從過去的複數選區，改為單一選區兩票制。主播在播新聞時，一定需要有相當程度的了解，才能確保在播到相關新聞的時候，不會出錯，而且在訪問來賓時，也才有能力與來賓對談。因為政治或選舉新聞的來賓，通常都是法政方面的學者專家或民意代表，為了監督時政，即使主播原來大學不是學法政等相關科系，也不能對政治方面的知識完全不懂。必要的時候，也要「臨時抱佛腳」。對愈不熟悉的議題，愈要作足功課，在上台前加緊準備才行。

## 2. 應具備財經相關背景知識

經濟發展為台灣命脈，受到政府及國人重視，再加上近來年經濟不景氣，政治人物在選舉時，也常常提到要「拚經濟」，財經新聞因而愈來愈受到新聞媒體重視。但財經相關資訊，又往往牽涉到商學專用術語，常讓民眾覺得有距離感，較難理解。因此，作為為民眾提供資訊的主播，在報導財經相關訊息時，就必須將複雜的資訊先消化過，用口語化、深入淺出的方式來報導，讓電視機前的觀眾容易理解。在這種情況下，即使主播大學時沒有修過商學方面的課程，也要另行騰出時間多加涉獵，才能有效地彙整新聞重點並加以口語化。以我個人而言，雖然不是財經投資專家，但對財經訊息也深感興趣，曾在財經組跑線採訪磨練過一年多，平常就會試著去了解投資理財訊息、廣泛閱讀財經方面的雜誌文章。這並不是表示我有太多餘的資金可供投資，而是說藉著涉入這些訊息，了解社會財經脈動以及相關產業發展，一方面有助於個人理財，一方面在碰到財經新聞專業術語時，也不至於感到很陌生或唸錯。

一般綜合新聞台在播報財經新聞時，鎖定觀眾族群為一般大眾，非財經專業人士，所播出的財經新聞內容通常比專業財經台深入淺出，播出財經新聞的條數也較少，故對主播的財經專業要求並不會太高。但是如果想要當財經台的新聞主播，因為是財經專業取向，每天所接觸的新聞都與財經有關，所面對的觀眾群，也都是對投資有興趣或財經專業人士，在這種情況下，當然財經主播本身的相關專業能力也要很強，播出來的新聞才有說服力。

### 3. 對於體育相關訊息亦不能太陌生

很多人也許常運動，但對體育的相關訊息及規則並不一定很在行，可是主播常會播到體育新聞，對重大體育訊息仍需有大致的了解才行。舉例而言，民視近年都在負責轉播美國職棒大聯盟賽事，在播報新聞時，會經常唸到比賽球隊的名字、選手姓名及其相關背景，如果主播自己平常不稍微接觸有關大聯盟的新聞，也不看比賽，突然間坐上主播台，唸到一堆不熟悉的名字或比賽規則，可能就要唸得結結巴巴了。同樣地，民視在二〇一一年一月轉播世界網球名將台北邀請賽，在新聞報導裡也會出現大量有關網球的消息，主播也要具備網球相關知識，才能輕鬆面對。

對體育主播而言，報導體育新聞就是他們的專業，體育主播往往在重要比賽時，還要負責現場轉播的即時講解，對於比賽規則及每個上場運動員的名字，都要如數家珍才行，並對於各項重要國內外運動賽事及運動明星的動態，也都要有相當程度的掌握。尤其如果是在專業體育台當體育主播，體育播報就是主播的專業，對於相關的體育訊息及活動更要瞭若指掌。一般新聞主播，對於熟稔體育專業規則與相關訊息的要求，比較不像體育主播那麼嚴格，但仍需要具備相關的體育常識，才能減少出錯機會。至少對比賽名稱、球隊名、選手姓名及輸贏比數等等重要基本訊息，一定不能唸錯，免得鬧笑話。

### 4.掌握國際最新消息

雖然，目前每日新聞的走向仍以報導國內新聞為主，但國際新聞在每節新聞中，仍有一定比例的份量。尤其當世界已經是個地球村，在國際化的浪潮下，各國之間財經、觀光、外交等唇齒相依的關聯性，愈來愈緊密，國際新聞可預期將會愈來愈受重視。以我而言，因為之前曾在英國留學攻讀新聞學碩士、博士學位，對於國際事務，特別是歐洲的事物，比較不會感到陌生；有機會也喜歡到各國旅遊，並且也會常透過網站查閱一些來自國外的訊息，本身就對國際事務相當感興趣。目前週一至週五，下午四點半到五點，主播半個小時的「民視世界新聞」，每天都能與國際最新消息同步脈動，不僅擴大國際視野，也深刻感受到從台灣看天下的重要性。

像近幾年來，全球氣候異常在各國所引發的天災，受到國際性的關注，台灣也會受到相關經濟衝擊與環保議題連動的波及。二〇〇八年金融風暴所造成全球性經濟的危機，台灣就受到嚴重衝擊，無法倖免。二〇一一年三一一東日本大地震引發大海嘯及日本福島核電廠輻射外洩危機，更是震驚全球，不僅台灣新聞媒體立即大篇幅連續性地報導，台灣民眾也感同身受，患難見真情，派出救難隊、捐救援物資、電視台辦慈善募款等，對日本賑災捐款，台灣排名全球第一。台灣是一個島國，台灣要走出去，就不能閉關自守，劃地自限。身為一個主播，每天報導國際上的最新消息，為民眾打開綜觀世界新聞之窗，自己就要先具備開放的國際觀，引領觀眾放眼看天下時，才能更具有說服力。

總之，主播的興趣面要廣、接觸資訊的面更要廣。至於如何增加自我的知識基模？要求自己廣泛接觸各類資訊，便成為是否能持續做一位稱職主播的重要條件。因為一般人正常的情況是只想接觸自己有興趣的訊息，對於沒有興趣的訊息，就很可能完全不看，但做主播沒有辦法僅專注在自己喜好的事物上，就這一點來看，當主播確實比記者來得辛苦，因為記者往往是負責自己專門的一個或數個採訪路線，而較不會去要求記者要能採訪所有的路線，可是主播卻有所不同，因為在一節新聞中是政治、經濟、社會、司法、生活、財經、體育、娛樂、國際……等等所有路線的新聞彙集而成，所以主播也必須自我要求不斷地接觸最新訊息，以維持自己知識的廣度，進而跟上時代潮流，成為一位稱職的新聞主播。

主播應該要能比一般記者更持續、廣泛地接觸訊息，以維持一定的播報水準，特別是針對一些熱門的新聞議題，更應該主動深入了解。以下舉例做為參考，希望讓大家明白，資訊的接觸與累積並非難事，只要內化為自我的一部分，做起來就會更得心應手。讓主動蒐集訊息、了解事件的發展，成為生活習慣，遇到重要大事警覺性地進一步調查，就能讓你保持在新聞最前段。

例如，二〇〇五年勞工退休制度曾有過重大變革，當時政府要實施勞退新制，希望保障勞工退休生活，讓雇主依員工薪水每月提交至少百分之六的金額，儲存於勞工個人退休金專戶，讓勞工退休金可以帶著走，不一定要在同一家公司待到退休，但是在宣導及實施之初，民眾霧煞煞，到底是要選擇舊制好？還是新制較有利？當時很多民眾都搞不清楚，原來是二〇〇五年新制實施之前已適用勞基法的勞工，可自由選擇舊制或新制，新制實施之後再受僱的勞工，就一律適用新制，沒得選了。連我自己也一度感到相當迷惑，不知到底要選哪一個比較划算？那時我就在想，連記者都搞不清楚，一般的勞工又該怎麼辦？不像現在，甚至已經推出有勞工個人專戶退休金試算，勞工自己退休後，大概可以領多少錢，都可以簡單用電腦試算出，一目了然。

為了釐清這項攸關全國勞工退休制度改革的發展脈絡、以及協助民眾了解到底應該選擇舊制還是新制，才是對本身最有利的選擇。我花了許多時間研究此一議題，還打電話去主管機關詢問，要如何試算？並做了筆記。後來，果然因為此議題影響全國眾多勞工，勞退新制的相關新聞愈來愈重要，電視台就安排我在新聞節目中與勞委會官員對談。我事先準備許多圖表，請製作中心後製完成，以便在訪談時能夠提出更深入的問題，這樣在牽涉到複雜數字的時候，觀眾也能一目了然，還接受觀眾叩應電話，立即解答民眾疑惑。而這個針對勞退新制實施的特別新聞節目專訪反應不錯，也因為內容豐富、並與民衆切身權益習習相關，後來被收錄在我參賽二〇〇五年「卓越新聞主播獎」個人所提供的競賽評選項目內容之一。那年，我幸運榮獲「卓越新聞主播獎」入圍，想必那集勞退新制專訪新聞節目準備充分的表現，為我加分不少。

## 播報準備　融入生活

主播想要深化播報內涵，除了要事先預作功課，平常還可以從生活中練起。一般來說，各種訊息的累積可以從小處做起。生活當中的一些小細節，都可以是累積自己知識與常識的管道。包括看電視、上網、看報章雜誌、旅遊、參加各式活動、甚至和朋友聊天或坐計程車，都可能會接觸到一些來自各方的生活訊息，像我早已不自覺地養成習慣，隨時注意各種最新消息或發現問題，也許很多事情並不一定都能深入了解，但至少可以做到廣泛的接觸與蒐集訊息。看在別人眼裡就不禁會問？為什麼你知道這麼新的資訊？講什麼你好像都很了解？原來，新聞工作的準備早已在不知不覺中融入日常生活裡。

譬如說一早起床就可以打開電視，刷牙洗臉時可以邊聽新聞。現在行動上網非常方便，所以一早出門坐車上班時，也可以利用在車上的時間，用手機瀏覽當日重點新聞或聽廣播報導即時新聞。到公司開完編採會議後，對於剛剛有討論的重點新聞，可以再上網看新聞電子報或翻閱報紙，加深印象。稍後主播化妝時，也可以邊化妝、吹頭髮，邊聽電視新聞。化完妝後在編輯台等待進棚播午間新聞，若有新聞稿先完成，送進新聞部電腦作業系統，就可以先順稿，以增加稍後播報新聞的流暢度。當然，這些事情並不難做到，重點在於「如何持續」，最好的作法，就是把這些工作都內化為我的生活習慣。

由於擔任專任主播的工作，每天本來就都會接觸到最新的新聞訊息，先前工作經驗已經累積大量的時事資訊，加上每天都在接觸，每天都在更新，新聞經驗的累積，會讓每日繁重的新聞工作，因為熟能生巧而顯得較為輕鬆。如此，每天對新聞的理解只要稍做更新，通常就可以與最前端的新聞發展進度接軌，輕鬆上手，並不需要耗費太多力氣。但要特別注意的是，通常主播放大假回來，因為已經與時事脫離好幾天了，由於很多主播平常生活新聞步調太緊張，放假時喜歡把自己放空，可能一連好幾天都不看新聞，突然回到工作崗位，少不了要先做「收心操」。重上播報台的第一天，就要特別認真花時間了解最新的新聞動態，好趕緊把「新聞感」抓回來。

## 練習寫作　不要生疏

主播的工作雖然是播報新聞，但對於文字寫作也不能太生疏。不過，練習寫作和成為主播的條件，又有什麼樣關係呢？這就會回歸到一個老問題，很多人都以為主播只是讀稿，但事實上不只如此，主播可以將記者所提供的新聞稿頭，依主播個人播報風格，加以適度修改，好更貼近主播個人用語，建立不同播報風格。如果主播對文字結構比較熟悉的話，對於順稿、改稿，都會比較順暢，在主播面對讀稿機講話的時候，也比較能夠立刻掌握到新聞的結構及重點。此外，寫作的習慣，可以有助於主播對於敘事方式較為熟練，萬一遇到記者匆忙交稿，新聞稿有點不通順時，主播在播報的當下，就可能因為對文字熟練度高，可以及時轉換，用自己的文字能力，自然地將新聞改得較為通順而化解危機。由於我在大學時期主修英美文學，所以在學生時代時常閱讀文學作品。進入電視新聞界後，也曾幫媒體寫過專欄，雖然內容是談論我生活中的一些故事，但這也是我一直有意識地、不斷地在練習寫作。

在此，我要鼓勵自認為文筆不是很好的後輩，不用太擔心，因為當電視文字記者有一個好處，就是對於文字的要求，並沒有報紙等平面媒體那麼嚴格。相較於平面媒體記者一天要交出兩千或三千字的新聞，電視記者以一則電視新聞稿約三百字來算，一天若跑三則新聞，一天可能只寫不到一千字，寫新聞稿的壓力，的確沒有平面記者那麼重。畢竟電視新聞的重點在於口語訪談、聲音與畫面的呈現，所以，電視記者口條要好，能以口語流暢來表達更為重要。

## 生活、健康、情緒一把抓

在主播台上，新聞主播每天展現出知性專業與亮眼的形象，總難免會讓一般人覺得，俊男美女當主播應該會認識很多人、應酬很多、而且社交生活非常複雜。不過，事實的真相卻可能正好相反，與外界看到主播光鮮亮麗的形象大不相同，往往主播的生活反而相當單純。因為主播每天面對的是高壓、緊湊的新聞工作步調，必須要能用心專注、全力以赴，如果生活型態不嚴謹、雜務太多或夜夜笙歌，恐怕就會精神不濟或在電視螢光幕前出現「貓熊眼」，根本沒有辦法維持每日專業要求的新聞播報水準。保持身體健康也是基於同樣考量，特別是對女主播來說，只要是前一個晚上沒睡好，隔天氣色不佳，在鏡頭的放大下就會變得很明顯，可能黑眼圈馬上就會跑出來；或者因為感冒造成喉嚨不舒服，就非常有可能影響播報品質。而且，每一家電視公司主播的人數是一定的，每個人播報的時段也都分配剛好，一有人生病或出狀況，就要臨時找人代班，等於相對加重別人的工作量。所以，主播自己的身體要顧好，不能一天到晚生病請人代班，如果主播的身體狀況是病美人或病帥哥型的，可能就會相當麻煩。

還有一點，主播要能經常保持情緒平穩，這也相當要緊。因為主播每天在工作時，必須要全神貫注，又要經常處理主播台上的突發狀況，如果每天有一大堆的煩惱事兒懸在心頭，就有可能在播報中分神而凸槌。主播想要長期維持高度專業的新聞播報表現，生活、健康、情緒都要能隨時把關才行。

總而言之，想要了解自己是否具備當主播的條件，綜合來說，除了要有個人先天優勢，如長相要上鏡頭、有觀眾緣、聲音表情要好之外；在個性上，也要積極、樂觀、有好奇心、求知慾強、反應快、抗壓力強。此外，後天努力也很重要，最好從記者作起，為新聞專業奠基，同時廣泛接觸各方資訊，不斷地充實知識內涵，建立主播權威感，讓觀衆信服。主播可說是電視台新聞部的「門面」，不只要有「內在美」，在鏡頭前也要兼顧「外在美」，關於這點，造型的打理與播報技巧的練習，將有助於塑造主播個人風格。另外，為了維持播報水準，最好將播報新聞準備工作，內化為生活習慣的一部分；在生活型態、身體健康、心靈情緒等方面，要能隨時關照，保持正常、平衡。還有很重要的一點，主播之路想要走得久，必須要能持續對新聞工作維持高度熱忱，才能激發動力，延續主播職業生涯。

如果未來想要做主播，並且以此為志業的人，必須要有心理準備，想辦法維持對新聞工作的興趣，這相當重要。因為每一項工作做久了，都會產生慣性、出現累積性的疲勞，新聞工作也是一樣。有些人真正當上主播之後，很快一段時間，就會習慣當主播，習慣每日播報新聞的工作型態，當初嚮往當主播的羨慕感和興奮感，很快就消失，認為主播不過如此。在失去太多新鮮感之後，又覺得這個工作壓力很大、需要了解的事情好多、工作時間很長很忙、生活作息常需配合播報班表顛三倒四、或對播報時段不滿意、對長官不滿意、薪水待遇也沒有預期中高……，最後終於興起「不如歸去」的念頭，選擇離開主播工作。

想要當主播的人很多，但是幾年下來，在主播圈來來去去的人也很多。在擔任主播之前，想要當主播，對主播工作有興趣，是一回事；但真正有機會坐上主播台，是否能長期承受播報工作壓力，不減低對新聞工作的理想熱情，又是另外一回事。這樣，你還想要當主播嗎？如果，你的回答仍是肯定的，那麼我要繼續恭喜你，想要當主播的志向堅定；但如果你已經開始動搖，也沒關係。職業生涯本來就是個人的選擇，找到一個適合自己的工作最重要，只要有自己的想法，清楚明瞭個人在職場生涯中，所要追求的是什麼就好。

但光鮮亮麗的主播台，還是很多人嚮往的職場舞台。剛剛也提到，要做一個好主播，先從記者做起。既然記者的歷練是未來可能當上主播的重要條件之一，年輕人在學生時代又要如何自我充實，才能為未來投入新聞工作做準備？電視記者想要轉任主播的

# 貳

## 條件篇

機會到底大不大？當電視記者和當電視主播在工作體驗上，又有什麼不同呢？相信是很多想要做主播的人，都想要了解的話題，下一章中，關於主播採訪經驗及電視記者轉任主播的可能性，有更深入的探討。

NEWS

新聞採訪經驗是做主播的基本工夫

# 參 基礎篇

前一章中曾提到，要想成為成功的電視新聞主播，最好先有豐富的新聞採訪經驗。想要當主播，最好先從記者做起。每當我到學校演講時，很多年輕人都會想知道，那麼在學生時代又要如何朝這方面來努力呢？尤其非新聞專業科系的學生，是否有競爭力投入新聞工作行列？這一章就從我個人的工作體會，先來回答相關問題。

## 新聞科系與非新聞科系學生的差別

由於我個人並不是大學新聞相關科系畢業，投入新聞工作時，也沒有任何新聞採訪經驗，因此我認為，針對非新聞專業科系學生，會不會比新聞專業科系學生，更難踏入新聞行業的問題，影響並不會太大。

雖然一般來說，踏入新聞這個行業，新聞專業科系學生會略占優勢，但上手之後的表現，原則上差別不大。目前而言，電視台仍會偏向錄取大眾傳播本科系學生。現在電視圈大概有一半以上是傳播相關科系出身的。以民視為例，在平時應徵工讀生時也會希望以傳播科系學生為主要對象，特別是傳播研究所的學生更會優先錄取。除了學歷比較高之外，成熟度也會比較好，比較容易進入狀況。所以，純粹以沒有經驗的學生來比較的話，傳播相關研究所的學生較具有優勢，其次才是大學是新聞相關科系的，最後是其他非相關科系的大學生。但這並不是絕對標準，因為新聞內容包山包海，涵括各種面向資訊，新聞界相當需要具備各種不同背景專長的學生，投入新聞志業。

對電視新聞部主管來說，錄取新聞科系與非新聞科系學生，各有優缺點。新聞相關科系學生的優勢，在於了解整體新聞運作流程及要點，有助於提升投入新聞工作的速度，但其缺點是對於其他專業知識方面的能力，有時會相對不足。也就是說，新聞系學生知道怎麼去做新聞，但是就各個專業路線來看，包括政治、財經、司法、體育等專業知識領域的理解，卻不夠深度，反而不知道該如何將他放在哪條採訪路線上，只能夠從最簡單的新聞做起，就是因為專業領域知識能力不足的緣故。正因如此，有時電視台在徵募新記者時，也會特地針對具專業知識背景的學生加以聘用，例如政治系或外交系的學生雖然不太了解新聞產製流程，但只要對新聞有高度興趣，就可以考慮將其放在政治線及外交線培養其製作新聞能力。同樣的道理，具備司法專業背景並對於新聞有興趣的人，則可以優先選擇社會司法路線；財經專長學生則可以考慮跑財經線。綜合而論，每個人只要具備領域專長，就都可以加入新聞界，只不過要進一步學習的方向不同。新聞科系學生成為記者後，必須要進一步學習與採訪路線相關的專業知識；而其他科系學生在具備專業知識的前提下，只要具備對新聞強烈的熱情，讓長官們感受你的積極性與可塑性，便可能受到賞識成為記者，但成為記者後，要進一步學習的是採訪技巧及製作新聞的流程。所以每個人的機會是相等的。記者本身展現的個性、求學時代的成績或通過的證照資格、活動參與的綜合表現等等，都有助於你吸引長官的注意。

## 學生時代參與多元活動

從事新聞採訪工作的人，通常個性上要比較積極、活潑外向。要當電視文字記者，口語表達能力尤其重要。至於口語表達能力是不是也是一種天份？好像有人天生就比較會說話，也因此比較適合做主播？我的觀察是，有些主播（包括我自己在內），在學生時代參加過演講或辯論比賽，已有基本口條水準，讀稿及報導新聞時能掌握聲音表情，在參加主播甄選時或許比較有優勢。不過，和外貌一樣，口條雖是做主播的基本條件之一，但並非唯一重要條件，何況經過一段時間訓練後，口條通常也會有相當程度的進步。

學生時代積極的活動參與，也是訓練及培養自己台風的一個很好方式。大學時代，我被甄選為一九九一年中華民國青年友好訪問團成員，及一九九二年大專青年友好訪問團成員，分別到美西及大陸參訪演出交流，不僅增加上台的機會及膽量，也增長國際見聞。這些舞台及國際交流經驗，對於我後來從事需要在鏡頭前表現專業自信的電視記者與主播工作，有很大幫助，當初在舞台上台風的訓練及人際溝通國際交流禮儀，現在都派上了用場。所以，一般學生在學生時代，不妨給自己勇敢上台的機會，或者多參加一些活動培養主動樂觀參與的心情，這些都可以培養自己外在表現。尤其以主播做為未來志向的年輕朋友，在學時可以多參加演講、辯論等活動或找尋各種發言機會，都是練習口條的很好機會。

想要當主播或記者，若外語能力好，也有優勢。記者有時在採訪場合，可能需要訪問外國人，若外語能力強，就可以立即發問，讓採訪更加順利，同時有助於拓展採訪新聞路線。例如，就有能力參加外語記者會，在記者會中理解外籍來賓的發言並進一步訪問，使得採訪路線變得更多元。而在主播台上，主播外語能力強，必要時也會有幫助，尤其當國外傳來重要的即時新聞訊息，國際中心的編譯組若還來不及完全翻譯，新聞畫面就立即切進來時，主播若具備外語能力，就可以現場聽外電新聞中的人物在說什麼，盡可能地把大意立刻告訴觀衆，讓新聞播報更為流暢。

## 發揮好奇心　滿足求知慾

想要當記者，在個性上，還要經常對人事物與環境等各種不同領域，保持高度好奇心與求知慾，才能勝任愉快，並從做中學的過程，感受到滿足與成就感。因為新聞工作就是站在第一線，代替民衆的眼睛與耳朵，先一步來探索每日觀衆最想知道及最有新聞價值的最新訊息，經過新聞從業人員搜尋訊息、篩選、採訪、與整合消化後，再報導給觀衆。這些每日新聞例行工作程序，雖然相當繁瑣並受限於高度時間壓迫，但若能與自己的個性興趣相配合，當然每天就會有動力，想要搶先去問人家到底發生了什麼事？並打破沙鍋問到底，探究事實真相。一方面自我解惑，滿足個人好奇心及求知慾；另方面也可在最快時間內，完成新聞任務，做出第一手深度報導。

我常提醒自己，做電視新聞工作的基本工，就是要會「問問題」。所以，以前在英國留學時，都會告訴自己要在課堂上勇於發問。因為在國外上課純講英文的環境，有些外籍留學生顧慮自己英文不夠好，不太敢用英文問問題。但我都會有意識地訓練自己要勇於發問，這是當一個好記者要練就的基本工。我還追溯發現，原來我在大學時，就是一個蠻喜歡發問的學生，常常會在課堂上舉手問問題，果然自己的個性就是興趣廣泛、充滿好奇心、對做喜歡的事情又有衝勁，的確很適合走新聞這條路。

新聞記者的工作，每天都需要問問題，也要會問問題。通常在採訪現場的記者，只要能懂得**如何在對的場合**、**對的時間**、**找到對的人**、**問對的問題，就可以得到你所要的答案了**。但新進記者的問題就在於，要如何才能做得到這些呢？關鍵就是：在採訪經驗不足時，要勤作功課。包括採訪前準備及採訪後的成績檢驗。採訪經驗及採訪人脈的累積，會讓採訪新聞愈來愈得心應手。所以，新進記者出門採訪前就要先廣泛蒐集資料，尤其要看當天報紙，知道今天要出門採訪的事件大綱，重點是什麼？有哪些重要人物會出席現場？誰是今天事件的重要聯絡人及焦點人物？此事件最近討論的話題焦點又是什麼？內心先有個譜，也先建立一個大概的採訪方向，現場再視情況臨機應變，應該就可以順利完成採訪任務。

## 學會抓重點

記者外出採訪時，還要會「抓重點」。因為在時間很短促或者字數很少的情況下，如何將當天該則新聞重點完整表達，就是要學會「抓重點」的工夫。這一部分，除了臨場反應能力要快，也需要經驗的累積，可以經由「做中學」。新聞每天都在發生，也每天都需要報導，因此，在每日採訪及寫作新聞的過程中，就可以練習如何去抓住今天要報導的新聞重點。而且，很多新聞事件都有延續性，每日新聞最新發展情況，往往就是新聞話題聚焦之所在，所以每天都採訪相關的新聞，熟悉之後，就會做得愈來愈好。

學習方式有很多，譬如一早進電視台可以先翻閱報紙，了解今日大致的新聞有哪些，注意哪些是昨天沒有的最新資訊，就可以知道這應該是今天新聞的重點。有時候與長官討論，他們也會告訴你今天出去採訪應該要特別關注哪個問題。在新聞線上的時候，若隨時有最新事情發生，長官也可能會隨時來電，要求你要問線上採訪人物一個新的問題，搭配今日新聞議題做相關反應配合稿；或者是在新聞現場時，別的電視台或報社記者也會發問新問題，這時你就要有警覺，這可能就是今天最新議題的反應。於是在各方要求與經驗累積下，慢慢地就會知道如何「抓重點」了。

身為一位電視記者，在責任心驅使下，通常每天採訪結束後，會去比較今天自己做出來的新聞，跟別人做出來的或隔天報紙的新聞報導，有何不同？進一步比較自己和資深記者所篩選出新聞重點的差異，而有所修正。新進記者抓不到重點的原因在於，對於新聞脈絡不是那麼了解，常常會失去方向，這時長官就會比較辛苦，因為要多花時間修改記者的稿子，或者指導記者新聞重點方向。新進記者通常要經過一段時間才能上手，到時自己採訪線上的新聞，就愈來愈能掌握。而在我當記者時期所訓練出來的「抓重點」能力，後來也給我莫大幫助，讓我在蒐集資訊與分析內容時，往往不用一字一句全部看完，只要掌握議題重點就可以理解，這對於我攻讀博士，面對浩瀚的原文書籍，如何擷取所想要的內容，抓重點的功夫又發揮功用。換言之，這項技能的訓練，讓我往後處理資訊時，能夠更加地組織化以及結構化，省下不少消化資訊的時間。而如果在學生時代，就能夠掌握「抓重點」工夫，當然對於日後適應新聞採訪工作，會更得心應手。熟悉了電視記者的工作，對邁向主播之路又更進了一步！

## 記者經歷磨練出一位好主播

要再次強調的是，主播是電視新聞工作類型中的一種專業角色，雖然工作的方式是播報新聞，但在本質上仍是一種新聞專業工作，所以主播對於電視新聞的編採製播過程，特別是新聞價值的衡量、新聞事件重點的掌握，必須具備和一般電視新聞記者至少同等級的素養，才能在播報新聞時，確切掌握新聞事件要旨。

主播在播新聞時，不是在參加演講或詩歌朗誦比賽。儘管基本上，主播在攝影棚內，是看著讀稿機的新聞稿內容播新聞，但能否真正了解每則新聞的重點與意義，必然會影響播報時的面部及聲音表情，也因此就會影響主播的權威感。主播若是沒有新聞採訪經驗的基礎，就難以在播新聞時有精準的情感投入，容易讓觀眾覺得主播播的很呆板。這也是為什麼在西方國家中，資深而成功的主播往往由基層採訪記者做起；而台灣各電視台也經常要求主播必須出外採訪新聞，以保持對新聞重點的敏銳感。

基於新聞專業要求，一般電視新聞主播往往需要經過電視新聞記者的磨練，才能坐上主播台。但很多對電視新聞工作有興趣的年輕人，都是懷抱著能坐上主播台的夢想，踏進電視新聞圈。於是這裡就產生一個很有趣的問題，若進電視公司後，一開始先擔任一般文字記者的人，到底有沒有機會，以及在什麼樣的情況下，才有上主播台的可能？這也許是目前想要進電視台當主播的年輕朋友，或者目前已經在電視台工作的文字記者朋友常會關心的問題。而對於這個問題，我的答案是肯定的，電視文字記者當然有機會轉任主播，而且機會很大！雖不能保證說電視新聞記者都一定可以轉任主播，不過，對於一般新聞部門主管來說，都希望主播是好記者出身，所謂「一個好主播，原則上希望也是一個好記者；但一個好記者，並不一定可以當一個好主播」，這是我們在新聞實務界裏面常常可以聽得到的一句話，也常用來鼓勵記者同業，其實要當一個好主播，就是要先從記者實務開始歷練。換言之，如果能夠把記者工作先做好，了解各條新聞採訪路線，對於將來當主播會有很大幫助。

為什麼記者的訓練可以做為主播播報的基礎？這個問題，可以從觀看整體電視新聞工作流程中，每個人所負責不同的新聞工作角色來討論。在每日所負責的工作範圍中，主播與記者是兩份型態不同的新聞工作。基本上，新聞記者就是站在自己負責的路線上，依循每日發生的各種新聞事件進行採訪，是站在新聞第一線的工作；而主播的主要工作，是把各記者所採訪回來的新聞播報出來，是處於新聞產製流程中，匯集各方路線消息與呈現新聞報導的重點環節。因此，新聞主播工作的一大特點，就是必須熟稔新聞產製的各個環節，以掌握各方新聞資訊。

記者每天跑線，就是很好的新聞實務磨練，每一天都要面對不同的新聞事件，每一則新聞的寫稿、過音、現場訪談技巧、都是很珍貴的主播紮根職訓。新聞採訪能夠讓記者了解整個新聞作業的製作流程，還可以訓練口齒以及反應。例如，現場連線或記者露面串場時，可以訓練記者在鏡頭前的反應，或者是學會跟我們所謂的「家裏」，也就是新聞部內部，包括新聞採訪中心主管或是製作中心的編輯、導播聯繫。熟悉這些狀況，將有助於未來做為主播時，對於新聞播報流程的掌控。所以，通常新聞部主管會希望，身為一個專業主播，基本上要有深厚的新聞採訪底子，因為經由電視記者實務訓練出來的主播，比較能夠通盤了解新聞的每一個環節的掌控。這樣所累積出來的實力，對於主播進棚播報，在詮釋新聞以及了解新聞環節以應付突發狀況，都會大有幫助。

## 充滿學習與挑戰的記者生涯

以我個人而言，在一九九四年初踏入電視新聞界時，就是從第一線文字記者做起。回憶一九九四年台灣第一家有線電視新聞網——真相新聞網（Taiwan News Network）開播，當時我才剛從輔大畢業沒多久，認為記者工作深具挑戰性，也考量到自己具備口條佳及個性有好奇心等優勢，因此當得知真相新聞網大力招考新聞從業人員時，雖然並未有新聞相關經驗，但基於不妨一試的心情報考，終於非常幸運地被錄取，開始了我的電視新聞職業生涯。在最初的工作訓練上，真相新聞網聘請具有實際新聞經驗的前輩（如資深地方記者等）來為新進人員授課，一方面籌備，一方面員工受訓，歷經約兩到三個月的專業新聞訓練後才正式上線。後來經過試鏡，我也被拔擢為兼任主播人選之一，從採訪經驗中不斷學習，成為電視界的新兵主播。當時，我每天除了要出去採訪新聞，結束新聞採訪後回到公司，做完新聞，還要準備進棚錄影播報，每天播報的新聞錄影帶，拿到各地方有線電視系統台去播放，一天可重複播放八次，也使得當時曝光率頗高。

在真相開播之初，並不如現今設備的先進，尚未衛星直播。在主播讀稿上仍是使用大字報的方式，雖然是以錄影方式播出，有別於現場直播的電視新聞，卻仍必須掌握新聞播報要點，保持儘量不出錯的播報原則，避免老是NG增加錄影時的困擾。在真相新聞網時，我主跑地方新聞，主要是負責台北縣（今新北市）中、永和與新店等地區，每天都必須關注地方大小事，深入地方社區採訪民情，也必須與地方人士保持經常性的接觸。跑地方新聞的涵蓋面向通常較為廣泛，包含各類型的新聞型態，如地方施政、犯罪、經濟、公共建設等新聞，地方上大小事全都要包辦。也因此讓我學習到採訪各種不同的新聞路線與地方人士的溝通技巧，還有如何和新聞同業保持良性競爭與良好互動的模式。由於當時電視新聞較少重視地方新聞，而我們對地方新聞的採訪與關心，自然頗受在地民衆重視，也讓記者在採訪過程中，通常能受到尊重而且很順利，是很重要的採訪學習經歷。後來，在當時國民黨長期執政的情況下，在野的民進黨首度拿下首都執政權，陳水扁入主台北市政府後，我即開始轉跑台北市政府與台北市議會路線，使我對於掌握政治新聞能力的層次，更為提高。

一九九五年超級電視台成立，在「一台比三台」的號召下，我轉而加入超視新聞行列，而在真相新聞網所培養出來兼具跑線與播報新聞的能力，在超視新聞仍然能派上用場，依然同時兼顧跑線及新聞播報。當時，我負責輪播晨間新聞及假日新聞，每天早上在播報完晨間新聞後，再開始跑新聞。在新聞路線上，剛開始主要仍是以台北市府會及市政新聞為主，後來也陸續主跑勞委會、農委會、交通部等路線。至於其他新聞路線，如立法院、社會新聞、選舉新聞等，在每天人力調度與同事間相互代跑線時，也多有接觸。在選舉期間，也主跑過選舉新聞，主跑選舉新聞的每位記者，通常會分配鎖定一位主要候選人來追蹤報導，彼此分工合作，讓每日新聞即使在時間的壓迫下，仍能同時播出各主要候選人選舉行程及對新聞議題的最新回應。這段期間，學習到擔任電視新聞記者，不僅止於在自己所負責的新聞路線上採訪，對其他路線的新聞也要多所涉獵，這是由於電視記者人力有限，若是當天自己所負責的路線新聞較不重要，就必須要隨時受到調配跑其他路線新聞，因此記者隨時要做好代班準備。這對新進記者比較難，因為新進記者對於不熟悉的議題，很難立即抓住重點；但對有經驗的電視記者來說，因為已經掌握到新聞採訪技巧，較能「利百代」，幾乎什麼新聞都可以順利代跑，比較不是問題。

一九九七年民視開播，我在籌備時期就來到民視，在新聞部陸續主跑過交通、財經、醫藥、藝文等路線。剛開始仍以主播記者身分，持續邊播新聞邊跑線，直到民視新聞台成立後，才逐漸開始有固定的新聞播報時段。回憶我在民視一些印象較為深刻的採訪經驗，包括一九九七年爆發陳進興挾持南非武官人質事件中，在武官卓懋祺及其大女兒媚蘭妮受傷送往榮民總醫院後，我隨即守候在醫院，報導傷者情況及人質釋放後家人團聚景象。一九九八年發生華航大園空難二百零二人罹難，事發當夜，我駐守在失事現場附近桃園中正機場過境旅館大廳，家屬們陸續接到噩耗趕來，立即連線報導華航公司善後處理情況，以及家屬們焦急悲痛等待的心情。同年隔月，不幸又發生國華新竹外海空難十三人罹難，針對相關新聞也有進一步追蹤報導。另外，在一九九九年九二一大地震發生當時，我驚覺事態嚴重，當夜就立即主動返回民視。當時公司大樓停電了，還記得爬了十六層樓梯，喘噓噓地來到新聞部，發現有些同事已經比我早回到公司待命，後續還有人陸續趕回來。當時立即被派去採訪台北東星大樓倒塌新聞，隔天出發到南投採訪地震災情，持續在當地報導九二一大地震救援近一個禮拜。這些珍貴的採訪經驗，讓我深刻感受到身為一個媒體新聞從業人員，尤其在重大災情發生時，所應擔負的社會責任，讓我後來在主播台上，播報到發生重大震災或颱風災情時，都會特別感同身受。

至於在國外採訪經驗上，一九九七年柬埔寨內戰爆發後，隨同外交部所派遣的第一班長榮航空撤僑班機，到越南胡志明市接逃出金邊的台商回國，有貼身隨團採訪報導。

此外，也曾前往美國西雅圖參訪波音公司飛機製造廠，並分析報導目前台、美、中三地航太工業發展現況，同時專訪台灣第一位女性大使張小月，當時張小月就任駐美西雅圖經濟文化辦事處長，即將轉任台灣駐加勒比海聖克里斯多福．多米尼克大使。而台灣高鐵在籌備興建之初，本來是有意採用歐洲德法系統，後來最終決定改採日本新幹線系統，所以當時我也曾前往德法採訪德法高鐵試車，並參觀德國高鐵（ICE）廠及法國高鐵（TGV）廠，搶先體會搭乘高鐵的速度感及便捷，同時分析德法高鐵營運與未來台灣高鐵之不同與可借鏡之處。在台灣加入WTO農業市場開放後，二〇〇五年我也曾到加拿大，採訪國內食品業者嚴選經過加拿大國家品質保證IP認證黃豆的情況，為國內食品安全把關。

在國外採訪經驗中，讓我印象最深刻的是，二〇〇一年美國發生九一一事恐怖攻擊，全球籠罩在一片恐怖攻擊陰霾中。剛好在九一一事件發生後，我要到英國和指導教授討論博士論文進度事宜，公司也叮嚀我要隨時關注反恐事件最新發展。就當我人在英國的時候，十月七日，英美聯軍展開大反擊，在阿富汗發動第一場反恐戰爭，要推翻塔利班政權。當時英國的電視新聞報導及談話性節目，整天都在談論相關話題，英國氣氛緊張，地鐵及公車等大衆運輸系統都加強安檢，民衆心情忐忑，我也與駐英國台北辦事處聯絡，得知如果台灣在英國的民衆有任何問題或需要協助，可與他們聯繫，並在第一時間與民視新聞部電話連線，向台灣觀衆報導英國方面的即時反應，這是一次很特別的國外採訪經驗。事隔十年後，阿富汗蓋達組織首腦賓拉登才於今年（二〇一一）年五月一日被美國擊斃。想到從當年的採訪到現在，對照十年來，國際上又發生種種恐怖攻擊與反恐行動，見證到國際反恐事件的發展脈絡，這樣經由親身經歷到的觀察及省思，格外有意義。

多年來的採訪經驗，不僅豐富了我的人生體驗，也讓我在新聞專業表現上更加熟練，尤其是在新聞棚內播報新聞時，更能掌握與記者間的默契，並立即抓住新聞重點。這也是我不斷強調，身為一位主播一定要累積許多採訪經驗，對新聞播報將會有很大幫助。因為主播要在播報台上呈現每位記者所採訪回來的新聞，而有採訪經驗的主播，可以充分了解到每條新聞的產製過程，於是在播報新聞時，更能掌握新聞重點，以及冷靜地處理播報新聞時的突發事件。尤其在剛接觸電視新聞實務工作的前幾年，能同時獲得主播與記者的兩種工作型態的學習，對於新聞專業的提升，更是有相輔相成的效果。

## 記者、主播 工作樂趣大不同

在電視新聞工作中，主播或記者的職位都很重要，並沒有高低之分。當主播有當主播的樂趣，當記者也有當記者的成就感，不能說每一位記者都想要當主播，這樣實在是太以偏概全，有些記者也樂於自己的採訪工作。只是說，我們不可否認，很多人都蠻羨慕能夠當主播，因為主播職位曝光度高，自然成為注目焦點，吸引年輕人嚮往。但立志當個好記者，同樣是相當值得肯定與具有理想性的志向。

以我過去做記者兼任主播，到現在轉戰專任主播的經驗來看，記者與主播這兩份工作，其實我都很喜愛，也都各有挑戰及樂趣。很多人問我，是不是當記者比較辛苦，當主播比較好？我並不以為然。我認為這兩份工作實際上都很好，各有各的吸引力，若能當記者又當主播真的很不錯，可以同時體驗到兩種不同的節奏與生活。接下來，要談談主播與記者在不同的工作型態下，所產生的不同樂趣。

其實，記者跟主播有一些共通性，他們都被要求反應要快、口齒清晰、掌握事情及詮釋新聞的能力要很強，或者是頭腦要靈活、要有好奇心、求知慾也要很旺盛。因為每天新事情不斷地在發生，有些新聞事件可能需要你去做功課，這些能力，就可以幫助記者與主播應付每天不斷發展的新聞事件、了解與掌握每天的新聞狀況。所以基本上，記者與主播的某些新聞專業能力是共同具備的。不過，如果今天記者想要坐上主播台，可能就要更上鏡頭，原則上要有觀眾緣，在鏡頭前的表達方式可以讓觀眾接受，不一定是俊男美女，因為現在電視新聞台都會聘請專業造型團隊，幫忙主播打理造型，在專業巧手下，主播們一上台，外型就會有一定的水準在，不用太擔心，因此，若能加強自己在鏡頭前的表達方式，讓大家覺得還不錯，這樣成為主播的機會就會更高。除此之外，自己的心態也很重要，自信是由內而外的展現，而且新聞的鏡頭是拉近的，會放大你的面部表情與五官。當自己內心態度很篤定，在鏡頭前的口語表達自然就能侃侃而談，一點兒都不膽怯，展現出自在、自信的台風，就會讓人看了覺得很舒服，足以獲得觀眾的信服及喜愛。

當記者時，每天中午跟每天晚上都各有一次要面對截稿的壓力。最緊張的時間，通常就是在截稿前的一個小時，記者正準備從採訪地點趕回電視台辦公室，要開始寫稿、剪接、過音等等，這些動作都必須在有限的時間裏一氣呵成。往往電視文字記者需要把握時間，在回程的採訪車上，就要在頭腦裏架構剛剛所採訪的新聞內容或乾脆就先在車上寫稿，緊抓空檔時間趕稿。回到公司後，立即上電腦寫稿，時間太趕時，只能先打稿頭交出，讓主播及編輯可以先順稿下標。然後記者先去過音，讓攝影記者有時間剪接新聞。之後，記者再回到電腦前，把完整的新聞稿內容補上。每天中午及晚上，在截稿時間壓迫下，在最後緊急關頭，記者的腎上腺激素恐怕都會往上飆升，就怕趕不上截稿時間，常常緊張到此時的來電都會被記者迅速掛斷，因為這時交稿皇帝大，與新聞無關的事，通常會等趕完稿子後再回覆。中午趕完新聞，吃飯休息一下再出發，開始下午採訪行程，趕另一個晚間新聞的戰場。每天的採訪工作就是如此循環，幾乎每天腎上腺激素都要狂飆兩次，因為分別要趕中午新聞及晚間新聞截稿時間。

另外，記者壓力還包括在採訪過程中，來自各方的挑戰。比如要隨時接受長官指示，突發新聞發生時要立刻跟進，也因此記者隨時都要保留彈性應變空間。不過，當記者的樂趣也在於此，新聞採訪工作是很充實的，也讓人充滿活力，每天都在衝衝衝！雖然通常早上要跑一條新聞，下午跑兩條，在這看似例行性的動作裏，其實是不一樣的工作內容，因為記者每天要面對的狀況大不相同，新聞工作讓人興奮的地方，就在於記者每天都可以面對新鮮事，親歷其境到各個地方、面對不同的人、獲得最新資訊。而這樣每天在外面跑新聞的工作型態，對於有熱情的人來說，就是一種享受工作樂趣的方式，雖然是在工作不是在玩，但是因為工作能力足以勝任每天的新聞壓迫感，所以在內心的某種感覺，就像是在外面到處玩似的。

電視新聞圈女記者不少，以單身女性來說，平常一個人出門到處歷險，難免會有人身安全顧慮，但是電視新聞採訪工作，通常出門就是三個人一組，包括文字記者、攝影記者及採訪車司機，身邊隨時有個新聞夥伴，等於隨時有個貼身保鑣，工作的心情也較為篤定，比較不怕採訪時碰到什麼奇奇怪怪的人，和工作夥伴一齊衝鋒陷陣完成新聞任務的感覺很不錯，會讓人保持活力。尤其有突發重要新聞的時候，雖然專業心情是嚴肅的，但跑起新聞來，感覺卻又更振奮。

當記者，還可擁有某種程度的新聞主導權。比如今天要採訪什麼新聞？是否有重大獨家消息？都可以提出稿單和長官商量，決定是否有進一步採訪的價值。在新聞現場時，記者也可以依自己的新聞專業判斷及現場的觀察，決定要採訪什麼人，而不管最後決定要訪問誰，記者都必須要在現場探索新聞事件，在了解事情真相及找尋新聞受訪關鍵人物的過程中，每次都是一種挑戰。因為用心，所以每次完成新聞後都會有股成就感，覺得完成的新聞是一個作品，裏面的受訪者及播出的訪問片段，是記者精挑細選出來，最精彩、最具關鍵性的話語，是記者透過專業判斷後，為閱聽衆報導出來的新聞作品。所以每一個當記者的人，都很希望自己的新聞可以被播出，如果辛辛苦苦跑了一個上午或一個下午做出來的新聞，長官或編輯卻覺得不重要而沒有被播出時，每個記者總難免會感到有些失望，覺得辛苦做了白工。

而當主播的壓力與成就感，又不同於記者。因為新聞主播除了一到公司就要進化妝室打扮的漂漂亮亮之外，主播工作的重點在於如何將新聞完整呈現。播報前的準備工作，都是屬於比較靜態的方式，透過第二手資訊來了解目前的新聞進度，例如主播本身的讀報、看網路新聞或從編採會議中了解，而後再利用上鏡頭前來準備稿子。也就是說，主播是別人來告訴你今天發生的事，你再轉述給電視機前的觀衆知道，並且帶觀衆來看看今天所發生的事，而不是像記者自己就站在新聞事件現場，是提供第一手資訊的那個新聞急先鋒，所以相較於記者的採訪是動態的，主播的播報則是相對靜態的。對於主播來說，最感興奮緊張的時刻，就是真正進入攝影棚，坐上主播台的時候。當導播喊開麥拉，主播開口播報時就開始緊張，因為主播必須要有非常集中的注意力，除了專注在新聞播報上，還必須配合當節新聞時間的長度維持同等能量的注意力。換言之，不論你今天在主播台上坐多久，都必須要全神貫注。以我目前播報民視午間新聞的經驗來說，要接連在台上播報一小時的國語新聞以及一小時的台語新聞，所以連續兩個小時的時間，都要保持頭腦及精神狀態在高度專注及警戒的狀況，一點兒都不能有懈怠，直到播報結束下主播台，才能稍微放鬆。

由此可知，記者跟主播的工作緊張感與興奮感是不同的。當記者時，每天採訪新聞忙進忙出，忙著打電話聯絡採訪人物，忙著了解新聞事件，忙著寫稿趕稿，基本上都維持一定程度的緊張感，但因為不斷地接觸新的人事物，不斷地消化吸收新訊息，頭腦的運作比較像流動的活水；每天跑來跑去，身體也有運動到。但剛剛也提到，記者最緊張的時刻，就是每天回到公司後，因為趕午間及晚間新聞截稿，所以記者的腎上腺激素每天都要狂飆兩次；主播的腎上腺激素也是每天要飆，但和記者不同的是，主播一進棚開播就要立即飆到最高點，而且一飆就要飆很久，維持在高點不墜，播報兩小時就必須維持兩個小時的高度亢奮與極度專注，一直要到新聞播完才可放鬆。而有突發或重大事件發生時，當節主播若必須持續播報三小時，主播就必須維持這麼長時間的高度戒備，長期下來，是很大的精神與體力考驗。不過，值得安慰的是，在這兩、三個小時的緊繃播報中，雖然重點是新聞，但透過觀看新聞，觀眾某種程度還是會聚焦在主播身上。新聞現場直播無法重來，表現好不好大家都看得到，如果主播表現優秀，自然地就會獲得很多肯定，完美的呈現工作本身，就可以帶給主播很大的成就感。所以記者與主播不同的工作型態，帶來的是截然不同的興奮感、考驗與成就感，是兩種不同的學習與體驗，都非常值得嘗試與學習。

## 新聞主播的升遷之路

主播的工作雖然不輕鬆，但是因為主播的形象亮麗與充滿著知性美，很多人還是想當主播。以台灣傳播現狀來看的話，二十四小時新聞台這麼多，對記者，尤其是新進記者來講，反而是成為主播的大好機會，因為電視新聞台對於主播的需求量增加，記者當主播的機會自然大大提升。電視台播報新聞的工作並不是完全讓專任主播來執行，即使專任主播負責播報主要時段，還是需要其他人員負責非專任主播的時段。而且，站在電視台的立場，也會希望培養一些新人主播做為替代人選，除了為世代交替做準備，也可避免主播跳槽或職務異動時產生的主播交接空窗期，因此需要儲備主播人才。所以只要個人條件允許及機會來臨，踏上電視新聞文字記者之路，也就等於是踏上了通往主播台的捷徑。

一般上了營運軌道的電視台較不像開播之初，為了急需大量人才與打響知名度而拼命挖角，反而是傾向由內部人員來培養主播，建立一種升遷管道，增加內部人員向心力，這時候就會從記者裏面來挑選，訓練成為主播，讓每位記者主播都可以有沉穩的播報，如此就算臨時有專任主播要跳槽或離職時，也才不會發生有空缺找不到好主播來替代的情況。所以現在的各家電視新聞台都有不少記者主播。就我的觀察，當記者主播播報久了，確實可以看到他們的成長。通常菜鳥主播剛上台時，播報表現真的比較生疏，但在經過一、兩年的實戰播報訓練後，漸漸地就會發現，這些記者主播播報台風愈來愈穩健成熟，而當他們播報穩定時，也可以從收視率看到一定的成長，表示說記者主播穩定的表現，觀衆也看的到。

不過，還是要特別提醒有心朝向主播之位邁進的人，記者主播時期就是一個學習階段，會比較辛苦，往往需要多付出一點時間與心力。可能公司也會要求，要在跑新聞之外，再利用休假時間來播報新聞，能不能接受因人而異，但個人心態必須要先調整好，可以試著把這過程看做是一個絕佳學習與給自己露臉的機會，而不要去在乎播報一節新聞可以拿多少獎金或津貼，這樣才可以快樂學習。

## 記者的主播試鏡大會

不過，電視台記者想要成為主播，必須要先通過主播試鏡。電視台會不定期舉辦記者主播試鏡，亦即當電視台需要增加主播名額時，就會釋放甄選記者主播的消息，而參加的資格視各家電視台當時情況而定，有時候是長官舉薦平日表現優秀的記者，或選擇某些經過主管觀察比較適合的人選去試鏡；有時候則是開放個人報名，並沒有一定標準。

一般而言，主播試鏡的安排，就是公司會為記者們安排一個時間，讓記者依照主播的模式，先到化妝室讓專人幫忙梳化打理主播造型，而後進攝影棚坐在主播台上，在鏡頭前面播新聞。而民視除了國語新聞，又有台語新聞，所以主播試鏡的話，也是要分別播報國語以及台語新聞，主播試鏡的情況會錄影起來，再由公司內部高層長官，依照記者試鏡播報的表現加以評分，在該批新生記者中，挑選出表現不錯的記者新秀，例如口齒清晰、在鏡頭前落落大方、有觀眾緣的人才，培訓擔任記者主播。記者新秀如果第一次試鏡沒有成功，也不要灰心，因為公司要一直不斷地培養新人，每隔一陣子都還是會有讓新記者嘗試的機會。一時失敗沒關係，可以下次再來，因為新記者第一次坐上主播台可能會不習慣，透過不斷地挑戰與修正，還是會進步的。公司會留下每一次試鏡影帶，如果想要檢視自己表現的記者，也可拿來看，這樣就可以透過每一次的紀錄，修正自己在鏡頭前面表現的感覺，經常練習就會進步。

至於練習的方式，多數認真的記者都會利用公司的新聞稿，看著新聞稿，假裝自己是主播模擬播報練習。對於台語新聞播報，最好是能直接將新聞稿從國語翻譯成台語，而且要以口語的方式播報，這對於台語不流利的人來說，困難度就會比較高，這種台語播報技巧需要多練習才會熟悉；否則就是要在上主播台前，多花時間來順稿了。

通過甄選關卡後，被拔擢的記者就會開始有輪值播報的機會，成為記者主播。以民視來說，因為一般周一到周五的時段，都由專任主播負責例行性的播報，所以公司安排記者主播在假日或非重點時段播報。在過去，清晨以及深夜時段也會由表現亮麗的新秀主播來播報，但是現在已有專任主播負責播報。除非一般時段有人請假或者是人力調配需要，才會請記者主播代播。主播的調度與排班，基本上是依各家電視台的實際情況而異，各家並不一定相同，播報班表也經常因新聞部人力調度情況，隨時彈性改變。像在重大新聞事件發生時，如選舉新聞、颱風新聞，就算原定專任主播在休假，還是可能需要臨時取消休假，回到公司上班播報；那麼原定假日播報的記者主播，就會回歸自己的新聞採訪線上，堅守新聞採訪崗位。

此外，在當記者主播的過程中，新聞部主管也會一再評估其在主播台上的表現，若是被評估為記者採訪能力好，擔任主播播報表現優異，就能持續上主播台播報；反過來說，也有記者主播因為在播報台上出現重大疏失，而被停止播報又再回來做專職記者，可見在主播台上播報新聞，要兢兢業業才行。不過，我也發現，記者擔任主播工作，的確可以增加記者的自信心，因為有些採訪對象看過你播新聞，會記得你，更願意接受你的採訪。記者主播被平面媒體報導時，也都會以「主播」來稱呼，這也能增加記者的成就感與榮譽感，因為在社會上已經認同此記者是「主播」的身分。

總而言之，想當個好主播，最好先從記者做起，而電視文字記者轉任新聞主播的可能性是很大的。目前台灣各電視新聞台也都有記者主播培訓制度，雖然這個制度的設計並不是非常固定，但某種程度來說，也可算是一種專業升遷管道。但終究沒有人能確切地回答出一個時間表，就是一位現任電視文字記者到底有多大機會，要等待多久時間，才可以從文字記者成為記者主播？以及有多大機會與等待多久時間，可以從記者主播轉任成專任主播？這真是沒有定論的，要看各人的能力條件及各家新聞台主播出缺的狀況而定。總體來看，有一件事是可以確定的，就是大多數專任主播，都是先由文字記者做起，到成為記者主播，再成為專任主播，通常會經過這樣一個專業成長歷練過程。一進電視台就成為專任主播的例子不是沒有，但相對來說仍屬少數。

而如果想要在民視做主播，與其他一般電視台主播最大的不同，就在於民視除了有國語新聞，還特別重視台語新聞播報。所以，在民視不管是當記者或主播，國台語雙聲帶最吃香，採訪播報起來也更能得心應手。對我個人而言，在民視的主播與記者工作，激發了我的台語學習動力，透過工作成果回報的成就感，讓我樂在其中。有主播視播報台語新聞為畏途，但我卻選擇勇敢接受挑戰，一路走來酸甜點滴，如人飲水，冷暖自知。想做主播的人，說不定未來也有機會接受台語新聞播報的挑戰，下一章就要來分享主播台語播報經驗談。

# 主播最好要有紮實多元的語言能力

想要當主播，語言能力當然很重要。不過，這也要看你要播報的新聞，是用哪一種語言播出。如果是要播國語新聞，當然國語要流利；要播台語新聞，台語要講得好；英語說得好，可以嘗試播英語新聞；客語說得好，可以播客語新聞；原住民語說得好，可以朝當原民台新聞主播的理想邁進。這就是語言能力與新聞專業優勢的關聯。

過去很長一段時間，台灣的電視新聞幾乎都是以國語新聞播報為主流，做主播的，不但要口齒清晰，還要國語標準、字正腔圓才可以。但現在情況已經和過去大不相同，在重視多元文化的前提下，台語新聞、客語新聞、原住民語新聞、以及英語新聞都比以前有更多發揮空間，各有擅場。以我服務的民視來說，每天除了有國語新聞，還有好幾節台語新聞，以及國、台語並用的雙語新聞。在台語新聞或國、台語並用的雙語新聞中，當然主播最主要是以台語播報，但在播出記者所採訪回來的新聞帶時，則視情況播出台語或國語。在一般台語新聞時段中，會播出台語新聞帶，這是因為原先記者以國語過音的新聞內容，已經有充裕的時間，被台語過音編輯改以台語配音，所以能以台語新聞帶播出。但在民視無線台午間新聞的國、台語雙語新聞中，若記者採訪回來的新聞內容在時間上趕不及台語配音，在重要新聞必須先播出的考量下，編輯會選擇先以記者最初完成的國語新聞帶播出，而成為主播主要「播台語」，但是記者在新聞播出帶中，卻主要「說國語」的特殊現象；也使得這一節午間新聞，成為罕見的以國、台語併用播出的「國、台語雙語新聞」。

在民視的台語新聞或雙語新聞中，主播主要用台語播新聞。因此，台語表達能力，就是像我這樣的雙語主播必須具備的基本條件，不只要能播報國語新聞，也要能播報台語新聞，才能成為國、台語雙聲帶主播。有人也許會說，用台語播新聞還不簡單嗎？我每天都用台語跟家人或朋友說話呀！但其實用台語播新聞還真不容易！你不妨自己拿起報紙，試著用台語來唸唸看，就會知道難度有多高。相信絕大部分的人都會發現，要把一篇國語新聞稿，在第一時間看到時，就要用台語流暢地唸出來，不是每個人都可以輕易辦得到，因為語法文句要轉換，不只有發音的問題，還會面臨到許多翻譯的難題。而這就是國、台語雙語主播每天播新聞時必須要面對的挑戰以及要克服的困難。現在電視新聞記者所寫的新聞稿，也都是以國語文稿為主，但主播用台語播新聞時，卻必須依照記者的國語文稿來修改播報，難度增高。所以，主播播報台語新聞並不容易，要先練就一身國、台語翻譯的本領才行。

以此類推，就可知道在台灣用客語、原住民語或英語播新聞，主播多多少少都會遇到語言轉換翻譯的問題。因此，主播當然要具備多元語言能力，才能勝任新聞播報工作。

## 我的台語主播之路

民視電視公司是目前台灣最重視台語新聞製播的電視台，每天播出最多節的台語新聞。除民視無線台在每天早、午、晚主力新聞時段，都播出台語新聞之外；民視有線電視新聞台目前每天也有五節新聞，包括晨間七點、十點、下午一點、三點、五點，都播出台語新聞。所以，民視新聞部也會要求旗下的主播及記者，應該都要有會說台語的能力、或者願意展現學習台語的誠意，才能和民視製播台語新聞的理念相符合。因緣際會，民視一九九七年籌備開台時，我就進入了民視，算是開台元老之一。說起當初為什麼會走上台語主播這條路？還真是「無心插柳柳成蔭」，因為我的台語，並不是一開始就講得像現在這麼流利。

記得從小作文「我的志願」，壓根兒就不曾想過長大後會變成一名螢光幕前的新聞主播。但也許我從小時候就還算聰明伶俐，國小一連當了六年班長，講話也口齒清晰，老師偏愛選我參加國語文演講比賽，也就幸運地有機會在課餘時間，接受老師個別指導，包括國語發音、咬字，演講時的儀態、動作，都會被老師教導糾正；比賽前的練習，也常被要求上台演講給班上小朋友聽。在老師熱心指導下，偶爾也能不負眾望「拿冠軍返回來」。國中時還拿過台南縣演講比賽冠軍呢！

當時國小規定「講一句台語，要罰一塊錢」，我可一點都不怕，因為我和別的小朋友不一樣，別人老愛講台語，而我的國語標準流利，反倒一講台語就怪腔怪調。雖然爸媽是道地閩南人，我也聽得懂台語，但在學校都是講國語，平常在家，也是爸媽講台語，我用國語回答，一直不覺得有什麼奇怪的地方。害得學富五車的國小校長，一直誤以為我父母是外省人，終於有天家長會聚餐，校長見識到我老爸滿口道地的閩南話，這才恍然大悟─原來我是「台灣人的女兒」！此事在親朋好友間傳為笑談。

沒想到，這個不太會講台語的鄉下女孩，因緣際會，長大後，竟然變成一名國、台語雙聲帶主播。當然，最主要還是感謝民視高層的「大膽啓用」，同時要感謝「時勢造英雄」，讓我幸運地趕上了這一波台灣傳媒與政治開放熱潮，在時代背景更趨於民主、自由、開放的推波助瀾下，台灣本土意識抬頭，台灣第一家商業無線電視台民視開播，打破過去電視老三台獨尊國語新聞的局面，史無前例，要在台灣主要新聞時段，包括晚間、午間、及晨間新聞，都要推出台語新聞，因此急需台語新聞播報人才。而有鑑於在過去，台灣推行國語教育非常成功，導致現階段台灣社會上，受過學校高等教育的知識份子，成長背景大都像我一樣，從小接受政府所推行的國語教育長大。由於新聞媒體負有監督政府施政與為民眾發聲的社會責任，也因此新聞界對新聞人才的資格要求，通常希望具備一定程度的學歷、才能、品性或專業，而普遍具備這樣條件的知識份子，也大都傾向是在學生時代成功接受國語教育長大，是一般民眾眼中所謂的「好孩子」、「好學生」。換句話說，對於「說台語」這件事，大多數的電視新聞記者可能都不太在行。於是，在新聞界，台語新聞人才便出現嚴重斷層，成為電視台要製播台語新聞的困境。

在這樣台語新聞人才匱乏的情況下，民視基於長期培養台內台語新聞人才的考量，除了聘用台語流利的台語過音編輯，來為記者採訪回來的國語新聞稿配音，也希望能由公司內部現任主播群中，培養播報台語新聞人才。於是，當公司主管問我要不要嘗試播台語新聞時，我沒有多想，便一口答應下來。當時的心情，直覺認為，我是台灣人，把母語學好是天經地義的事，公司沒有嫌棄我台語不好，還願意給我播報機會，我當然願意把握機會學習。於是，我毅然決然決定接受台語新聞播報的挑戰。但沒想到，這個決定，卻反而讓一向支持我的父親，一度投下反對票。因為他擔心當時我的台語不流利，上台播報，只會自暴其短。

當時台語新聞給外界的印象，是比較「不入流」、次要的新聞節目，台語新聞過去的播出時段，也都是在上午或下午等比較「次要」的所謂「農漁新聞」時段，並沒有受到社會廣泛重視。這最主要是受到以前政府強力推行國語運動的影響，台語文的發展長期受到嚴重的壓迫與限制，甚至每天能在電視台播出台語節目的時段及長度，都受到法令限制。如同小學生在學校說台語，要被罰錢一樣，從小灌輸講國語才是優秀、高尚的觀念；說台語的人，反而被人看輕，認為是「鄉下人」沒水準。而我，就是在這種教育下長大的一代，我以前真的一直以為，只有鄉下人，或是沒有受過什麼教育的人，才會用台語交談。碰到一些中年「歐吉桑」、「歐巴桑」也常常直覺反應，好像應該要跟他們講台語，免得他們聽不懂國語似的。雖然以現在的眼光回想當時的自己，實在很蠢。

這種根深蒂固的錯誤印象，一直到後來，有機會到英、美等地留學、遊學，接觸到當地華僑及華人教會使用台語的情況，他們優美的台語音調及談吐，還用台語佈道、朗誦、唱詩歌，讓我開始對台語有了一份不同的情感；再加上回台後，持續接觸台語新聞播報，並學習台語美聲、吟詩、諺語等課程，才逐漸覺醒，原來台語聲韻可以如此優美，意涵可以如此深遠貼切。台語，也是一種很美的語言。

不過，在學習過程中，還是充滿壓力。剛開始練台語新聞播報時，真是吃足了苦頭，每天都要承受很大的台語播報壓力。最大挫折根源，還是自己的台語講不好，平常用台語流暢對話已經有困難，更何況要用台語來播新聞？而且台語新聞播報是現場轉播，不能預錄也不能重來，只要一唸不好、結巴或唸錯，就播出去了，事後再多的懊惱都無法挽回。所以，每天播報台語新聞的壓力真的很大，不只要面對自己對於專業播報不完美的強烈挫折感，還要面對來自觀眾的批評與糾正。但既然已經一頭栽進去，也只能咬緊牙根繼續往前走。我總是不斷地鼓勵自己，一定要「從做中學」、「從錯中學」，觀衆的批評與播報台語新聞的缺點，都要勇敢面對與接受，然後不斷地改進，就會進步。

一開始，我曾私下找台語老師學習，但新聞採訪工作實在太忙了，時間上很難配合。我開始每日讀報，在台北和我同住的大姊，義務充當我的台語家教，每天都要聽我的「疲勞轟炸」。不只大姊是我在台北的私人小老師，同樣令人感動的，還有我在南部老家的「親友教師團」。因為，剛開始播台語新聞時，隔壁鄰居的親戚伯伯、伯母們，都會齊聚在台南老家盯著電視看，看到我有發音不對的地方，就會馬上來電訂正；或者記下來，等我打電話回家時，再告訴我唸錯的音，做為下次改進的參考。

學習說一種語言，畢竟非一蹴可幾，需要經過一段時間的練習奠定基礎。對於初播台語新聞時，常常結巴或唸錯，雖然心情上是硬著頭皮把「吃螺絲當在吃補」；但在實際行動上，還是要花時間，多做播報前的準備。每次上主播台約一個小時之前，就要趕快坐在電腦前順稿，因為記者寫的稿子是國語文稿，主播卻要用台語播出，為了避免出錯，播報前看稿、改稿、順稿的工夫不可少，寧願多花一點時間來準備，上場時就可以少吃一點螺絲。一遇到有台語不會唸的詞，就要趕快向人請教。

小時候說台語，從來也沒學過什麼台語拼音或文法，都是大家怎麼唸，我聽了就跟著學，所以現在碰到不會唸的詞，也是四處請教人家。我認為，每個會說台語的人，都是我的老師，如果我不會的，別人會，而且願意告訴我，就比我厲害，是我的老師，我也心存感激，包括採訪車司機、編輯台及採訪中心同事、台語過音編輯、還有一些熱心的台語專家及我的親友，都是我諮詢的對象，公司也請老師給我們上台語課程，收穫很大。在學習過程中，也發現往往同樣一個詞，各地的說法及口音可能不大相同，主要是因為台語尚未標準化，各地有不同的說法及腔調，我認為實屬正常，只要大家能彼此溝通，問題就不大。

逐漸地，我的努力，終於受到大家的肯定，播報台語新聞也愈來愈流利。不僅曾以國、台語併用雙語播出的民視午間新聞，榮獲行政院新聞局金視獎「新聞主播獎」入圍，還當上民視台語社長，社上曾連三年舉辦過民視台語文研討會，廣邀各界台語文專家及愛好者共同參與，獲得廣大回響。後來，連我老爸也都肯定並鼓勵我，說我播得「還不錯」！讓我真是開心極了！

一直到現在，播報台語新聞時，偶爾還是難免會唸錯。畢竟隨著每日新聞報導最新訊息，新的台語詞彙與用語不斷地出現，有時第一次看到新的詞，真不知道該怎麼唸，就只好直譯或唸國語了！但大致而言，十多年播報台語新聞的經驗累積下來，表現已經穩定，聽到來自觀衆的誇獎與肯定也愈來愈多。這都是大家的幫忙與持續努力的成果。不過，學無止境，希望好，還要更好！我的台語播報仍有未臻完美之處，還有很多進步的空間仍需努力。

不過，從當初只會聽卻不太會講台語的鄉下女孩，到坐上主播台，成為台灣國、台語雙聲帶主播的開路先鋒，這條台語播報之路，對我而言，是一個全新的嘗試，一路走得很辛苦。回首來時路才發現，原來在這段學習過程中，已經在無形中展現出堅忍的毅力，並用行動來證明：原來，做好一件事情的關鍵，就是要先相信自己。唯有不懷疑地全力以赴，才能堅持到最後，贏得他人信任。

正因為自己在播報台語新聞這條路上，吃了不少苦頭，現在看到新生代主播播報台語新聞緊張壓力大的模樣，都會讓我特別感同身受，想到當初自己也是這樣熬過來的。個人心態的調適很重要，只要在心態上不排斥，勇於嘗試，不斷地練習，總是會有進步的。這雖是老生常談，卻也是過來人最誠懇的經驗分享。

十多年台語播報經驗下來，我發覺觀眾的支持與鼓勵，也是台語主播進步的動力。有人是「嚴厲型」的觀眾，「愛之深，責之切」，發現主播台語播不好時，會氣憤地打電話到民視觀眾服務中心要求改進，若有主播台語講錯的地方，也會立即反應糾正；而有些觀眾就屬於比較「鼓勵型」，雖然主播講錯時，同樣會打電話來反應，但口氣上，比較不會那麼生氣，只是單純地糾正錯誤或提供建議，希望主播下次改進；還有觀眾當覺得主播表現好，或者是喜歡某位特定主播表現的時候，也會打電話來稱讚鼓勵。我個人也曾經碰到許多熱心觀眾不吝指正，希望我更好。有認識的台語專家，曾在電視上聽到我唸錯，親自打電話給我，教導我正確的說法；還有熱心的觀眾，蒐集了一些他在電視上看到我講錯的台語，附上了正確發音，給我參考；另有忠實觀眾來函糾正我發音的時候，遣詞用字很小心，溫柔敦厚，彷彿知道我其實臉皮薄，深怕傷了我的心似的。這些正面鼓勵，都讓我很感動！

但大部分的台語新聞觀眾，都還是「含蓄型」的忠實觀眾。雖然看電視的時候，聽到主播或記者台語唸錯，也許當下會和同看電視的家人之間聊個兩句，但並不會主動打電話來電視台反應，可能是現在社會多元開放，許多中老年愛看台語新聞的觀眾，也都能體會並了解到，現在年輕人並不一定會講台語或台語講得好，所以看到年輕主播或記者使用國、台語交雜、或台語不靈光的時候，往往較能用包容的眼光來看待，比較不會苛責。而就是這樣，幸而多數台灣民眾及語言專家，對於目前台灣國、台語雙語環境的發展，能有同理心，願意廣泛採取一種較為包容的態度，也才能容許更多台語新聞人才，累積學說台語的經驗，在逆境中逐漸成長茁壯。

不過，不可否認，一向被認為應該具有權威感的新聞報導，主播或記者在播報台語新聞時，如果連台語都會說錯，以新聞專業角度來看，的確會減損觀衆對於新聞報導的可信度，當然最好避免，免得鬧笑話！若以新聞人一板一眼的嚴肅眼光來審視，還是會認為新聞人員的台語能力要加強。但剛剛也提到，對於母語推廣的學習與重視，牽涉到政府語言政策的問題，語言的學習也需要時間，並非一蹴可幾，以台灣現階段情況來說，民衆在日常生活中，國、台語夾雜使用的情形普遍，也經常出現一些台語不靈光的笑話。所以，換個角度，若能以包容與幽默的心態來看待生活中的台語笑話，也許反而是另類激勵，可以增加學習動力。於是我蒐集了一些台語笑話如下，除了「搏君一笑」，也希望能「互相漏氣求進步」！

## 台語不靈光　笑話一籮筐

在記者或主播報導台語新聞中，台語不靈光的笑話，屢見不鮮：

**台語笑話（一）**

台灣某個地方有間廟宇，香火鼎盛，某天拜拜，信徒帶來豐盛祭品擺在供桌上。「供桌」的台語應該是唸「神明桌」或者是「尪閣桌」才對，可是有記者卻把「供桌」唸成了「摃桌仔」，變成是在「拍桌子」，聽起來就好像是「滿桌的祭品在拍桌子」一樣，地方盛事頓時變成靈異新聞了！

**台語笑話（二）**

還有一天，某政黨宣傳造勢，舉行「祈福晚會」。可是有主播台語不靈光，台語直翻成國語，唸成了「欺負晚會」，意思差多了，大家笑得噴飯！

## 台語笑話（三）

現在很多人養寵物，寵物生病了，要送去給「做獸醫」的看，可是有主播卻偏偏唸成了要送去給「做壽衣」的看，頓時讓人丈二金剛摸不著頭緒。「做壽衣」的，是做死人穿的衣服的人。怎麼會這樣呢？原來，「獸醫」的「獸」在這裏是台語第三聲變第二聲，要唸（siú-i），（等同要唸成類似國語第四聲），但主播唸成了台語第三聲（siù-i），就變成了「做壽衣」的，果然差一點點就差很大！

## 台語笑話（四）

還有一則火災新聞，主播唸「還有六個民衆困在火場」，因為把「困」字國語直翻成台語，唸起來很像台語「睡覺」的意思，觀衆聽了嚇了一跳，以為是「還有六個人在火場裏睡覺」！

## 台語笑話（五）

另外，曾聽過一個關於「記者」職業的笑話，也是和台語諧音有關係。因為「記者」的台語發音唸起來很像「乞吃」，聽起來像「乞丐」的台語諧音。結果，有位新進記者沒告訴家人，已經轉行當記者。半夜睡夢中接到老媽的電話，問他現在做什麼？他沙啞的聲音用台語回答「記者」，他媽卻聽成「乞吃」，以為她寶貝兒子在當「乞丐」，驚哭道：「阿你做『乞吃』（乞丐），以後是要按泉過生活啦？」當下把這位記者嚇醒，趕緊解釋清楚才化解誤會！

其實，生活當中會發生的台語笑話，無所不在。很多醫生也心有戚戚焉！有醫院為了加強醫病溝通，就特別為醫護人員開設「醫用台語」班，減少醫生和病人溝通，說台語「雞同鴨講」。因為醫師和病患之間溝通，國、台語夾雜也常「凸槌」發生誤會，新聞中也曾報導過不少醫用台語鬧笑話的情況。

### 台語笑話（六）

有位歐吉桑趴在手術台，準備要開痔瘡。護理長為他調整位置，說：「歐吉桑，咱趴過來。」由於前二個字，聽起來很像男性生殖器的台語發音，讓在場醫護人員笑翻了，歐吉桑滿臉通紅，而不諳台語的護理長，則是被笑得不明所以。

### 台語笑話（七）

曾經有一個阿嬤要照X光，X光師向阿嬤解釋，要聽從指示「一、二、三，照！」沒想到，阿嬤以為要「一、二、三，跑！」，聽到X光師數完「一、二、三」後，趕快跑！讓X光師楞在現場，搞不清楚發生什麼狀況！

### 台語笑話（八）

有病患領藥，藥劑師細心解釋：「阿伯，吃飽三粒。」病患嚇了一跳說：「啥米？愛呷百三粒喔？」

**台語笑話（九）**

有次醫生看到病人心電圖出現異常，肝功能指數也過高，立刻用台語跟病患說：「歐吉桑，你的『心肝』不好喔！」頓時，歐吉桑臉上三條槓，誤以為是醫生在說他「心腸不好」呢！

**台語笑話（十）**

有位病人「胰臟」（腰尺）發炎，結果醫生卻告訴病人：「你的『姨丈』發炎了。」病人嚇一大跳，差點懷疑此醫生會隔空看病！

還有一些流傳在生活中的台語笑話，聽過的人不少，常常「笑」果極佳！

**台語笑話（十一）**

有某家醫院的志工，對來急診的病患這樣說：「阿伯，我給你『勇氣』，『死死仔』呷快活！」阿伯當場氣結。原來，人家志工的意思是：「阿伯，我給你『氧氣』，

『吸一吸』呷快活」啦！

## 台語笑話（十二）

有一群志工開車出門訪視，開車的駕駛路不熟，就問後座的志工：「接下來，路要怎麼走呢？」志工回答：「就直直死（駛）！」「死（駛）到前面路邊停下來！」果真讓人哭笑不得！

有一次，我參加一個演講，談到新聞的事，現場氣氛很正經，總難免有些嚴肅。結果，有位慈祥的長者觀眾在最後發言的時候，講了一個台語笑話，全場聽眾立即笑開懷，為這場演講劃下了一個圓滿的句點，也讓我在嚴肅的新聞工作之餘，見識到台語笑話幽默的力量。這是一個很多人耳熟能詳，空姐在飛機上台語廣播的笑話。

## 台語笑話（十三）

一架飛機快飛要到目的地了，機上乘客大多數是組團出國旅遊的老先生與老太太。

降落前，空姐用台語作最後廣播：「各位『公嬤』（阿公阿嬤），恁的『墓』地（目的地）已經到啊，恁的『牲』禮（行李）已經『傳好了』（準備好了），飛機快要『掉落來』（降落了），我也呷恁『拜拜』（bye-bye）！」

語畢，全場轟堂大笑！

最後，忍不住再說一個網路笑話。

**台語笑話（十四）**

有人對他的鸚鵡做了一個特殊的訓練，拉牠左腳時，牠會說台語：「你呷飽沒？」拉牠右腳時，牠會說台語：「你有閒沒？」屢試不爽。結果有人突發奇想，要是同時拉動鸚鵡的兩隻腳，不知會怎樣？於是，他便同時拉動鸚鵡的雙腳。結果呢？鸚鵡生氣的嗆說：「你呷飽太閒喔？」

真是超好笑！

好了，不管我有沒有「呷飽太閒？」在蒐集這些台語笑話的過程，我自己首先受益，被逗得很開心，果然有些笑看人生、舒壓的效果。不過，從另一個角度來看，國、台語夾雜的對話，其實是現今台灣社會中普遍的現象，也因此台語不靈光的笑話，才會如此引起共鳴，讓那麼多人會心一笑。

## 從笑話中看問題

看過一連串台語笑話後，也就更能了解國、台語轉換在語言上所面臨翻譯的困難，發現在詼諧笑鬧中，其實也透露著值得深入探討的嚴肅議題。以民視製播台語新聞來說，主播和記者所面對語言轉換的困難並不是獨特的現象，和世界上其他國家製播弱勢語言，如威爾斯製播威爾斯語新聞及愛爾蘭製播愛爾蘭語新聞時，所須面對語言轉換的問題是雷同的，都遭遇到所使用語言「不夠標準化」的困擾。因為威爾斯語與愛爾蘭語也曾遭到壓制，弱勢語言的發展未能與時俱進，遇到現在科技術語時，就會出現不知如何從英語翻譯過來的困擾。但是觀衆卻期望能從電視新聞中，看到能說出一口標準威爾斯語或愛爾蘭語的新聞節目，也因此，節目製播的品質和觀衆的期待有落差，而導致一些觀衆的批評。這種情況，就和台灣製播台語新聞所遭遇的困境相同。

目前，台語並不是台灣的官方語言，是一種「尚未標準化」的語言。台語的書寫系統，有各種派系版本與爭議；紊亂的台語發音與拼音系統等現象，也都成為新聞工作者嘗試製播台語新聞節目時，所須面對的難題。由於台語在台灣的演化，歷經荷蘭占領、明、清、日據時期及國民黨政府等不同時期的影響，許多台語詞彙借用了其他語言的說法，而沒有台語詞彙本身的書寫形式，因此，許多台語字變成大家會唸不會寫，這也造成電視新聞節目要「上字幕」時的困擾。

再加上現在電視台製播台語新聞的環境，並非單一台語新聞台。每一條製播出來的新聞，都必須分別適用在國、台語新聞時段分別播出，以節省新聞台的人力製播成本。

因此，在搶新聞的壓力下，為兼顧時效性，記者們一向先以擅長的國語寫稿過音，完成新聞製作後，再交由台語配音人員針對該則新聞重新配音。所以，台語主播播報新聞時，看的也是記者的國語稿，在緊迫的時間壓力下，必須重新潤飾翻譯，以台語口白播報；而台語不甚流利的記者，在新聞連線前，更是常常可以看到他們緊張地猛背台語新聞稿，希望在台語新聞時段，儘量以台語連線，以期符合社會大眾對台語新聞的期待，但終究還是難免會出現國、台語夾雜及台語不靈光的情況。

有關於民視製播台語新聞所面臨的困境與台語新聞在台灣電視史發展的歷史背景，在我上一本由五南出版的《民視午間新聞幕前幕後──雙語產製與台灣認同的回顧與前瞻》一書中，有詳盡完整的說明，有興趣的讀者歡迎進一步閱讀參考。曾有大學教授問過一個問題：「在國語新聞播報和台語新聞播報時，為什麼主播在新聞台上所呈現的播報形象，並沒有顯著的不同呢？也就是說，為什麼台語新聞主播在播報台語新聞時，似乎並沒有特別針對台語新聞觀衆，設計不同於面對國語新聞觀衆的主播形象？」也許他主觀地認為，面對收看台語新聞的觀衆，也許播報台語新聞的主播應該呈現出不同於國語主播的播報風貌才對。可是為什麼以目前播報台語新聞主播的形象來說，和播報國語新聞的主播並沒有明顯的不同呢？最主要是，過去在台語發展被壓制的環境下，台語新聞的社會形象與評價也低於國語新聞，現在希望能營造台語新聞並不亞於國語新聞的氛圍。要讓觀衆知道，原來播台語新聞的主播，也可以和播報國語新聞的主播，一樣光鮮、漂亮、英俊、一樣具有知識性的美感與亮眼，具有一樣的新聞權威，好在無形中，將台語新聞節目從過去「次級」的新聞形象，提升到與目前國語新聞節目「並駕齊驅」的一級地位，從而提升台語新聞的形象與重建台語的社會地位。

至於，新聞主播又要如何在主播台上塑造個人風格，好在螢光幕前加深觀衆印象？在下一章中，有進一步探討。

## 每一位主播都需要建立獨特的風格

現今台灣電視圈競爭激烈，有線、無線、數位、網路等各家電視新聞主播加起來，算一算至少一、二百位主播。如何在眾多主播群中脫穎而出，讓觀眾記得你？主播如何樹立個人風格？在此顯得格外重要。

當然，每一位主播在播報新聞時，都要遵循一定的工作流程與新聞專業義理，這在前面的章節中已經有所說明。不過，在這麼多電視新聞頻道與眾多主播中，為了吸引觀眾注意，大多數的主播都會試圖樹立個人播報風格，以建立穩定的收視觀眾群。

也許有人會好奇，主播在播報新聞時，都要看著讀稿機上的新聞內容來播新聞，又如何建立自己的播報風格？其實主播在不更改新聞內容原意的情況下，可以適度將新聞稿頭修改成適合自己風格的口語方式來播報。在播報時，還可以透過個人的服裝造型、聲調變化及面部表情，以至於手勢及肢體動作來樹立風格。因此，想要樹立主播個人風格，就要特別注意「**新聞主播的三個表情、一個造型**」。在此，「**三個表情**」**是指：主播的聲音表情、面部表情、肢體表情；「一個造型」是指：主播的整體造型，**包括主播的服裝、配飾、化妝、髮型等方面。以下逐一討論。

## 主播的聲音表情

每個人天生說話的音質、腔調、講話的速度、以及說話時的抑揚頓挫，都小有差異。有人天生音調就比較高亢，有人比較低沉，有人比較嬌柔。主播不同的聲音特色，會讓每一位主播在播新聞時，出現不同的播報風格。例如音調天生就比較清亮高亢的主播，往往會給人一種有力、明快爽朗的印象；反之，天生音調比較低沉渾厚的主播，可能會讓觀眾產生一種值得信賴的穩重感。這倒不是說音調高亢或低沉比較好，而是不同的音調或音質，形成主播播報聲音表現的特色，給觀眾不一樣的感覺。

此外，有人播報講話節奏速度較快；有人卻習慣以較慢的速度，穩穩地讀稿。另外，有人播報注重抑揚頓挫，有人聲音平板、音調起伏不大。這些平時已成為習慣的說話方式，也都會形成主播播報風格的一部分，因為同樣一個句子或一段文稿，有的主播唸得感情豐富，另一些主播卻讀得比較冷靜，給觀眾的感覺也就大不同。但是表現熱情些比較好呢？還是冷靜些比較好？這也沒有定論，各有支持的觀眾群。這個事情說起來很有趣，也有點複雜，有些觀眾看新聞時，希望主播的風格能夠活潑熱鬧一些，以充分反應台灣社會無奇不有的特性；但另一些觀眾卻可能覺得台灣這個社會已經夠亂的了，主播在播新聞時，最好還是冷調一些比較好，這樣觀眾在看新聞時的心情，才不會太混亂，可以說是香蕉、芭樂各有所好，難以一概而論哪種風格比較好。不過，風格雖有差異，但有些沒有明文規定，卻被大家廣為接受的共識，每位主播還是會注意的。例如在播到比較讓人傷感的新聞時，當然不能語調輕快歡娛；反之，在插播重大突發新聞時，往往口氣會稍微嚴肅或激昂一些，凸顯此新聞的重要性及即時性。

總之，聲音也是有表情的，音調情感表現的豐富或內斂，就會形成不同的播報風格。

## 主播的面部表情

在音調之外，主播在播新聞時的面部表情，也會產生不同的播報風格。例如，有些主播會隨著新聞內容的不同，配合不同的面部表情，或甚至是表情豐富，讓人印象深刻，使觀眾可以想到這個主播，就聯想到這個主播播報的樣子，形成一種獨特的主播播報風格；有些主播則可能沒有太多表情變化，整節新聞大都保持一貫鎮定的面部表情，給人一種穩定感。這兩大類誇張與沉穩不同風格的主播面部表情，也都各有支持的觀眾。

一般而言，過猶不及。主播在播新聞時，當然不能表情太過單調或眼神呆滯，但也不宜讓人覺得太過戲劇化，這裏面牽涉到兩個問題。首先，新聞畢竟是一種比較嚴肅的電視資訊，主播總不能把新聞節目弄得太誇張、太像戲劇節目，這會影響新聞的可信度。其次，主播在播報每一則新聞時，要戴上耳機，不斷接收來自副控室裏的導播指示，在播這一則新聞時，就要為下一則新聞做準備，有時還要應付一些突發狀況，可以說是一面播新聞，一面心裏要一直保持備戰狀態。主播在表達新聞情感的同時，還是要留意主播台上各項新聞轉播動態，避免錯失導播指示，使新聞節目的進行發生失誤。

有人曾經問我，為什麼有時候主播在播一些讓人發笑的趣聞時，自己卻沒有跟著觀衆一樣哈哈大笑呢？原因可能就是他在這則趣聞播出的同時，正在緊張地為下一則新聞播報做準備，哪有可能忘情地在主播台上哈哈大笑？不過，有經驗的主播還是可以輕鬆串場，帶領觀衆緩和一下情緒，再繼續播報下一則新聞。

每位主播播報新聞的面部表情，風格雖有差異，但和主播播報的音調風格一樣，有些基本原則還是不能超越。例如，在播報死亡或災難新聞時，不可露出開心笑容；反之，在播報讓人喜悅的新聞時，則不該哭喪著臉。此外，主播在播報新聞時，不該把個人對特定新聞對象的好惡顯露在臉上。主播可能有個人的政治立場，但不可因此在播報到不喜歡的政治團體或個人時，面露不屑之情，這是播新聞的大忌。因為新聞與評論不同，講求客觀中立，主播如果在播新聞時，因為個人播報新聞的表達方式讓觀衆看出其個人政治立場好惡，當然會影響觀衆對其所播報新聞公正性的評價。

## 主播的肢體表情

主播的肢體表情也很重要，許多觀衆可能已經注意到，有些主播在播新聞時，會偶爾出現搭配的手勢，或是有些會有較大的肢體晃動，讓人印象深刻；但另一些主播可能幾乎從不用手勢，常常播新聞時紋風不動，坐姿端正。這其實也沒有什麼對錯或好壞之分，卻是形成播報風格的重要元素之一。

一般來說，主播在播新聞時，適度使用輔助手勢可以增加播報氣勢，強化觀衆對新聞內容的印象。不過，手勢的運用不能氾濫，不能幾乎每則新聞都搭配手勢。新聞播報畢竟不是演講比賽，主播的手勢太多，反而可能分散觀衆對新聞內容的注意力。播新聞時基本上保持端正姿態，並不是僵硬不動，可以有自然的肢體擺動或手勢，但儘量不要左搖右晃得太厲害，因為在電視鏡頭聚焦的情況下，會有放大效果，主播頭搖動得太厲害，一不小心，在螢光幕前就可能顯得擺動幅度太大，讓觀衆看得頭暈腦脹；但有時主播頭部和上半身可以有輕微的前傾或自然地側轉，讓自己不會在電視上看起來姿態太過僵硬。

通常在新聞攝影棚裏，會設有電視螢幕讓主播在第一時間可以調整自己在主播台上的播報姿勢，但在主播播報新聞的當下，還是要專注對著攝影鏡頭而無暇他顧，所以，為了解新聞播出時的實況及主播的呈現，不妨在播報結束後，調出當節播報新聞側錄帶，看一下自己播報新聞的樣子，就可以更清楚有哪些地方需要加強、改進。

值得一提的是，有時候電視台會在新聞節目中，安排雙主播播報新聞，這時兩位同在播報台上的主播，就必然會有轉身互動的畫面出現，需要事先協調、培養默契。哪位主播在什麼時候要說哪些話？在尚未默契十足的時候，最好先分配清楚，免得到時有人搶話或接不上話時，就糗大了！至於鏡頭是要抓一個主播或兩個主播同時入鏡，導播會配合當則新聞稿頭是單人還是雙人播報來做呈現。雙主播播報新聞，不管螢光幕前的呈現或播報前的準備，都會比單人播報新聞要稍微複雜一點，但是相對的，如果兩位主播表現默契好，呈現出來的螢光幕前效果，通常也會比單一主播播新聞，顯得更豐富、更有變化。

## 主播的整體造型

除了主播的聲音表情、面部表情、肢體表情會形成獨特的播報風格，主播的整體造型也是形塑主播個人風格的重要一環。在談論這件事情時，首先要提醒，電視是個影音媒體，畫面非常重要，即使是新聞節目也不能例外，要講求畫面品質。主播做為電視新聞節目的幕前靈魂人物，自然不能忽略出現在螢光幕前的形象。

關於主播的造型，通常也是許多觀眾吸睛的焦點，畢竟觀眾在看主播播新聞時，除了會注意到主播播報新聞的內容，也會同時注意到主播的裝扮。例如有觀眾會注意主播是長髮還是短髮？髮型有沒有變化？或者穿什麼款式或顏色的衣服？有什麼配件？這些看起來像是有些瑣碎八卦的話題，卻往往被許多觀眾在網路上熱烈地討論，成為觀看主播播新聞的花絮。

其實主播要有一定的裝扮，不能邋遢地上電視播新聞，主要目的是表示對觀眾的尊重、以及對新聞呈現者角色的自重，表示主播是經過每天整理門面之後，以最好的形象來面對電視機前的觀眾朋友。主播裝扮的本質，跟我們在社交禮儀中，談到女性化妝出門的目的一樣，是一種禮貌的表現方式，而不是愛美流行的追逐。也因為這樣，任何一個主播在思考自己每天在主播台的造型時，應該還是以端莊穩重、能展現新聞素養與工作角色的專業形象為主，因為主播畢竟不是藝人，並不需要用太誇張的造型去吸引觀眾的注意力，更不應該因為造型太誇張，反而喧賓奪主，分散了觀衆對新聞內容的注意力。

不過，既然很多人都對主播的造型好奇，而本書就是要帶大家了解主播工作的各種相關面向，造型的呈現，的確是主播每天工作中不可或缺的環節，所以，接著就要為好奇的讀者們，詳細說一說主播的造型。

在討論服裝造型與主播個人風格的關聯時，要再次強調，俊男美女固然讓人賞心悅目，但絕非電視台挑選主播的唯一關鍵條件。如同我之前所做過的說明，選主播並不是在選美，新聞專業條件也是重要考量，只要天生長相讓人看的順眼，也有一定的氣質，口條好，並且有一定的觀衆緣，在外型上就已具備做主播的基本條件。有此基本條件後，電視台會根據每一位主播原有的外型條件，為主播設計能建立其個人風格的整體造型。電視是一種大衆傳播媒體，其特性之一，就是觀衆的社會背景相當多元。電視台既然不會只有一位主播，自然就會根據各個主播原有的特質，設計出符合台性、又能夠凸顯其個人風格的造型，以爭取不同收視族群對不同主播類型的偏愛，故主播的服裝造型，要同時考慮到主播特質與觀眾接受度的雙重因素。

不過，不管造型如何，讓主播具有新聞專業感，是設計主播造型的基本原則，然後，再依據主播個人不同的特質，強化其獨特的個人親和力、或專業權威感、或理性知性美、或年輕活力等不同的特性，就會形成許多不同類型的主播形象，包括專業理性、穩重權威、溫柔婉約、自然親切、甜美可愛等等，通常不同類型的主播，都會各有其支持的觀眾群，而主播整體造型的設計，可以為主播形塑個人風格加分，讓觀眾留下更深刻的印象。

## 主播的造型呈現

整體造型，通常是指打點從頭到腳整體的裝扮，包括髮型、化妝、服裝、配件、甚至腳上的鞋子。但是新聞主播的造型，常常只做「半套」，多數是整理到「上半身」，最主要的原因，是因為新聞播報的鏡頭大多只拍攝主播的上半身，所以下半身通常就由主播自己打理，不受重視。到學校演講的時候，常有學生好奇地問：「是不是真的會有主播上半身穿得很漂亮，下半身穿著短褲、運動褲或者拖鞋的情況出現？」我都會笑笑回答：「是真的，有時真的會這樣。」甚至還有主播在播新聞時，如果當天鞋子不好穿，可能會先把鞋子脫一邊，光著腳丫子！為什麼呢？因為主播播新聞的時候，要邊播邊踩讀稿機的腳踏板，有主播覺得光著腳丫子踩腳踏板的「觸感」比較能配合講話播報速度。不過，當然不是每個人都這樣，也還是有主播喜歡每天光鮮亮麗、打扮整齊地進出辦公室。

但有一種情況例外，主播不能只是「半套」裝扮就出場，那就是當新聞主播必須以站姿播報新聞，或主播出現在螢光幕前，新聞鏡頭可能會帶到下半身的時候，那主播可就一定要打點好從頭到腳的完美造型了！像有些時段的新聞節目，製作人可能會安排主播坐在高腳椅上播新聞，鏡頭也會帶到一點點長褲或裙子，這時主播下半身的穿著就不能馬虎，尤其主播若有需要站著播報新聞，或者在新聞棚內走位，畫面會帶到主播全身入鏡的話，當然主播對於全身造型的整體感，就會加強要求，甚至可能連主播穿什麼鞋子，都要斤斤計較！

氣象主播往往因為要配合氣象圖的介紹，經常站著播報，較會顧慮到全身的造型；至於目前我所播報的民視午間新聞，是坐在主播台上播報，螢光幕前的畫面只照到上半身，所以造型上就會只著重上半身的裝扮，因為下半身拍不到，主播每天穿什麼裙子或鞋子，觀眾也看不到，於是就不被重視。所以，一般主播都會事先注意其所播報的新聞節目，畫面是否會帶到全身入鏡，如果有，就會事先強化從頭到腳的整體造型。當然，在新聞節目中，新聞鏡頭設計變化愈多的，當節新聞錄影的工作流程就會愈複雜，而這些安排都會事先告知主播，好讓主播們得以適當安排自己的造型。

大家一定要知道，造型也是主播工作呈現的一部分。目前各家電視新聞台都聘請專業造型團隊，來為旗下主播群打理門面。通常主播是在到達電視台以後，才開始做主播專業造型準備，並不是在家裡就做好造型才到公司。在化妝師準備要做造型前，主播都還是穿自己平常的外出服，等要開始做主播造型時，才會換上當天的主播服，然後再開始化妝。很多愛美的女孩們都知道，先換衣服再化妝，是為了避免妝花掉；不然，如果先化妝再換裝，很容易會因為脫拉衣服的緣故而弄花了妝、或者碰壞了髮型，那可就麻煩了。所以基本的程序一定是先把衣服換好，然後坐下來開始化妝與作頭髮，而妝、髮這兩個步驟是一起進行的，髮型師和化妝師會一起動作以節省時間，通常專業高手在三十分鐘內，就可以搞定一個主播造型。

至於換裝的部分，有的主播會在當天早一點到公司提早搭配，有的則會在前一天就會搭配好，這都是看服裝師與主播之間的默契。但依我個人的習慣，就會至少在前一天就先把服裝準備好，因為播報午間新聞準備時間非常急迫，事先把服裝處理好，當天就不用再花費時間煩惱服裝要如何穿搭的問題。

## 主播的專業造型團隊

我常覺得，新聞台的專業造型團隊是主播美麗的魔法師，為打造新聞主播亮眼的專業形象，加分不少。通常專業造型團隊要負責公司全部主播的服裝、配飾、髮型與化妝等設計與執行。造型團隊每一組班表人員配制，大致上會固定配有髮型師、化妝師以及服裝師各一名，班次則大致可分為早班、晚班以及假日各一組人員，依各電視台狀況而異，當然也會有臨時調度的作法，像因應新聞部錄影，或有活動需要較多新聞部人員要化妝進棚，或有特殊新聞事件來賓較多時，造型團隊也會配合加派人員來支援。這些都會儘量事先溝通，讓造型團隊有時間調派人手，並協調主播與來賓的化妝時間，避免到時手忙腳亂。這些外包的造型公司，每年都必須競標與電視台合作或是有一個合約的年限，所以有的時候，電視台也會更換造型團隊。由此可知，造型公司在新聞圈的競爭也是相當激烈，他們的服務好壞與專業表現，也會在電視台形成評價，做為未來是否續約的參考。因此，多數的造型團隊都會很認真、專業地為主播打造完美的裝扮。

## 主播的服裝

至於主播的服裝，造型公司必須負責到外面跟各家服飾廠商借用，電視台也會在節目最後標明贊助廠商的品牌名稱。有時主播會留幾套比較適合上電視的私有衣服在新聞部，以防外借衣服不適穿，或臨時有狀況發生找不到合適衣服時，就可派上用場。以目前來說，主播一天就只換穿一套主播服播報，一天播報三節新聞，就是這三節都穿同一套衣服亮相。基本上，服裝師會與主播溝通討論造型要如何搭配，在幫主播搭配衣服與配件時，也會提供專業意見。通常新秀主播播報經驗較為不足，對於個人主播造型也還在摸索，這時造型師的專業意見協助，就很重要。

比較有經驗的主播，因為已經累積建立一套屬於自己的播報風格，對個人服裝造型的呈現，通常也會比較有主見，服裝師通常會尊重主播的品味，但因為每天主播都要穿不同的衣服上台播報，所以主播與服裝師對於衣服搭配的看法，也需要不斷溝通。當主播覺得造型搭配很完美，自己很漂亮的時候，自然會增加主播的自信心，不用擔心枝微末節的事情，只要專注於新聞內容的播報，所以播報起來感覺就會比較順暢；反過來說，有時服裝造型不好，比如說換了一組新手的造型師，在默契尚未建立期間，無法打造出主播平常的造型水準，可能頭髮怎麼吹都不對，或眼睛怎麼化都不對，遇到這種狀況主播們就會很著急，也容易影響到主播進棚前的心情。

主播是公司的門面，主播在主播台上的表現可受公評，公司高層也都會特別注意，若發現有不滿意的地方也會隨時指示改進。因此，導播也會特別關注主播的造型，隨時為主播在螢光幕前所呈現的形象把關。另外，主播造型的呈現，還牽涉到公司有沒有特別的要求。如果公司主管認為，主播剪短髮最適合呈現新聞專業形象，當然主播就會剪短髮，而公司若沒有特別的要求或意見，主播與造型師的發揮空間就會比較大，只要是在公司認可的原則之下，通常問題不大。主播和造型師之間的相處，一般都很融洽，因為只要一個主播的造型固定下來後，往後只要依照那個風格走，彼此都能輕鬆上手，也會愈來愈有默契。

對服裝師來說，他的工作就是要幫主播借衣服，說來似乎容易，但其實並不輕鬆。因為主播每天都要換穿不同的衣服播報新聞，服裝師借來的衣服有限，卻要應付每天主播在鏡頭前的各種亮相。要應付這種窘況，服裝師對衣服的搭配，要特別有概念才行。也許同一件外套，但如果換個內搭的顏色，再搭配不同的耳環或項鍊，就可以創造不同的視覺效果。所以服裝師常常喜歡借搭配性較高的單品，讓觀眾看不出這件衣服出現過很多次。換句話說，如果衣服的辨識性太高，像我有一件領子袖口很大，又有黑色花邊的外套，多穿幾次後，就被熟識的觀眾朋友發現已經穿過幾次了，所以就必須先冷凍一陣子。

服裝師也有其難處，借來的衣服往往不夠多，樣式也太少。因為服裝公司通常每季所推出的衣服，就是僅有一定的款式，特別是到了準備要換季的時候，服裝公司要開始清倉，也不希望衣服出借太久，所以能夠運用衣服的額度就更少了。在這種情況下，為了避免主播衣服不夠穿，服裝公司清倉打折的時候，造型團隊或主播個人就會視情況多買幾件儲存備用。如果借來的衣服不小心穿壞，有時主播也要自己掏腰包買下來；不過，也有主播是穿了廠商的衣服之後，發現很中意，趕快自己花錢買下來，以後還可以再穿。

儘管衣服不多，但多數女主播還是不喜歡跟其他的女主播撞衫，但不同電視台主播出現撞衫的情況，是可以理解的。因為不同公司的造型團隊，有可能向同家服裝公司借衣服，若是在同一家電視台的主播，因為是同一個造型團隊在幫主播們打點衣服，就會協調一下，儘量避免在太近的時間內，讓不同的主播穿相同的衣服。但是和其他家電視台的主播就沒有辦法協調了，才會出現撞衫的情況。有的主播很在乎撞衫，也不喜歡穿別的主播穿過的衣服，不過我個人覺得，即使是同樣一件衣服，不同的人會穿出不同的味道，不用刻意去比較。但無論如何，大家還是希望減少撞衫的機會，所以大致的程序，就是當試衣完畢，確定這件衣服是屬於某位主播下次要穿的時候，就會掛上該位主播的名牌，暫時不會給別人穿，以避免撞衫。

基本上，主播服裝的搭配都會尊重主播的個人意見。不過，還是有些大原則需要掌握。譬如說必須呈現主播的專業感、知性美，通常傾向衣服的設計線條簡單、俐落。但也有主播的風格屬於親切甜美風，所以內搭會出現有花俏的蕾絲邊或在胸前打大蝴蝶結。大致而言，只要在端莊優雅的原則下，目前主播的服裝還是有蠻多自由發揮的空間。

除此之外，主播服裝的顏色，有時也需要配合當下的社會情境，例如在重要喜慶節日，就可以穿著色調較為活潑明亮的衣服，營造歡樂氣氛；遇到不幸的重大事件，就要避免穿著顏色過於喜氣，如大紅色的衣服。在選舉開票日時，也會選穿中立的顏色，避免穿著藍色、綠色或橘色等，容易讓人聯想到具有政黨色彩的衣服，避免讓觀眾產生顏色有暗示的誤會。同時，主播服裝顏色的選擇，還會依照棚內布景顏色而調整，比如說若攝影棚或主播背板以紅色為主，通常就要避免穿著大紅色的衣服，以免顏色太相像；而目前一般新聞攝影棚內背板的顏色，是以藍色為主，所以主播也會避免穿藍色的衣服，免得衣服的顏色在鏡頭上被吃掉。另外，還要小心有細線條紋的衣服，在鏡頭前很容易出現閃爍的負面效果，也要避免。只要避開一些不適宜的顏色，一般主播都可以依照自己偏好的服裝色彩來穿搭衣服。像我個人較偏愛亮一點色調的衣服，如粉紅色、黃色、青綠色等，讓自己看起來比較活潑有朝氣，但偶爾深淺色衣服混搭的效果，也是不錯的。

相較於女主播的服裝造型，有很多需要費時細心打點之處，男主播的服裝造型就相對簡單多了，以西裝、襯衫、領帶為主，頂多有人會試著穿吊帶，或者不穿西裝外套只穿著襯衫，來強調男主播的親和力。男主播的西裝外套，通常也就那幾套在替換，能改變顏色來做混搭的，就是襯衫跟領帶。所以服裝師通常會準備很多不同顏色的領帶，讓男主播選擇。通常男主播都是領帶的顏色換一換，至於襯衫的顏色還是以白色為主；但依個人喜好不同，也有男主播愛選穿粉紅色、青綠色、黃色等鮮亮色彩的襯衫，以增加服裝的變化。目前看來，男主播在服裝可以變化的地方，似乎並不是很多。

主播上台播報的服裝，通常是借來的。借來的衣服不見得每一個尺寸都有，不同家服裝公司的版型，也都有些許差距，主播不一定能穿，所以都要先試衣，久而久之，服裝師也就逐漸了解各個主播的尺寸與服裝偏好。而在借來的衣服尺寸不合時，服裝師就會在主播外套後面，用大夾子夾住，讓衣服合身，鏡頭前比較好看。有時候我播完新聞，中午出去買午餐，忘了外套後面有玄機，漂亮的主播套裝背後，居然還夾了個大夾子，和我擦身而過的路人，看到一定覺得很好笑！倒是賣我午餐的熟老闆們，恐怕都已經見怪不怪了！

## 主播的配飾

服裝基本的配備，包括外套、內搭與配件。在配件上，又有耳環、項鍊、胸針等，通常選擇的方式，要不就是耳環與項鍊搭配，不然就是耳環與胸針搭配，不會把耳環、項鍊、胸針，一次全都戴上，避免主播給觀衆的感覺太珠光寶氣。女主播大都穿套裝，常有女主播別上胸針，給人權威、知性的感覺；也有主播捨棄胸針選擇戴項鍊，來增加主播在鏡頭前女性柔媚的感覺。不管是戴項鍊或別胸針，都可以依當時主播的心情與服裝的搭配，來做整體的考量或穿插搭配。

其實主播之間的打扮，有時也會出現相互模仿的現象，比如曾經有一陣子流行過戴胸花，觀衆就會發現，各家女主播似乎都喜歡配戴胸花播新聞；當有女主播開始搭配絲巾或胸前打個大蝴蝶結，看起來還不錯，於是，其他家電視台的女主播也開始圍絲巾或打個蝴蝶結；還有看到一些女主播已經開始不穿套裝改穿洋裝播新聞，其他女主播在電視台沒有強力規範的情況下，也可能有樣學樣地穿起洋裝上主播台。不過依目前觀察來看，女主播穿洋裝報新聞只是偶一為之，稍微改換一下感覺，主要還是以穿著套裝為主。

## 主播的化妝

服裝打理好了，就會開始同步進行化妝與髮型的打造。以前我剛進真相新聞網的時候，主播都要自己化妝，但現在都交由專業化妝師來化妝，除非少數主播堅持要自己化妝。一般觀眾認為，女主播的樣子都長得很像，好像主播有所謂的「主播妝」，其實，那是一種主播整體造型留給觀眾的印象。不過，十年多的主播播報經驗，讓我發現所謂「主播妝」也歷經一番演變。過去的主播妝會特別強調眼影或者是眼線，妝感比較濃；但現在的主播妝已經摒棄像過去那麼濃厚的妝感，強調「自然美」。女主播們的眼線，已經不像過去畫那麼粗，眼影也沒有那麼深。但無論如何，和一般女性在平常生活的淡妝比起來，主播因為在攝棚影錄影要打光的關係，通常化妝的確還是會有專業考量，例如底妝會上厚一點、或使用專業級的化妝品，這些化妝品會有固定的廠商贊助；主播的護膚保養品也會有贊助廠商提供；至於造型髮型費用，則是由公司補貼。

主播因為每天播報新聞不只一節，所以在等待負責的下一節新聞時，妝也許會些許的花掉或是臉部出油。一般在習慣上，主播在每次進棚播報新聞前，都會先進化妝室補個妝，依不同主播的習慣，補妝的狀況也會有差異。有的主播認為只要再自己稍稍上個粉就可以了，有的主播則習慣再請化妝師稍微處理一下。無論如何，對於專任主播來說，每天都要上妝，又要耐攝影棚的強烈鹵素光照射，長年下來，對皮膚的確是會比較有傷害的。

至於化妝部分，男主播上主播台播報新聞時，也都是有化妝的。男主播播報前會先進新聞部化妝室，讓化妝裝師稍微打些粉底以及護唇膏，特別是有些膚質容易出油的男主播，也需要靠些粉來遮掩，以免蘋果光打下去，發生男主播的臉居然油油亮亮的窘境。不論男女主播，在鏡頭前都需要稍微透過化妝來進行修飾，就算男主播也會抹一些淡淡的粉，好在鏡頭前看起來臉色、氣色更好。專業化妝師會拿捏男主播與女主播不同的化妝技巧，不用擔心會影響男主播的英雄氣概！

## 主播的頭髮

在主播的頭髮造型上，我們看到過去有很多女主播的髮型都是以短髮為主，最主要就是透過主播的短髮造型，來呈現新聞專業俐落的感覺。但現在社會多元，新聞也競爭，長髮主播愈來愈多，女主播髮型的變化甚至可以頗為流行花俏，以吸引不同年齡、不同品味的觀眾層。這除了是主播個人品味及與造型團隊溝通呈現之外，還有很重要的一點，端看各家電視台的主播政策，有沒有希望台內的新聞主播在螢光幕前呈現出怎樣的新聞專業形象？或對台內女主播的髮型，有沒有特別要求長髮或短髮？如果電視台內長官覺得無所謂的話，主播造型設計的自由度就會比較大。

在電視上，還可以看到主播頭都是蓬蓬頭，其實是因為頭髮如果太塌，可能在電視上就不好看，會覺得這個主播氣勢不夠、沒有精神。另外，主播頭常會噴大量髮膠，這是因為攝影棚內要打光的關係，當很強烈的蘋果光打上主播台時，主播的臉透過鏡頭出現在主播台背板畫面上，頭髮的線條會變得很清楚。如果主播的頭髮沒有整理得整齊乾淨，在電視上，就可以看到每一根凸出來的髮絲，容易讓觀眾覺得主播的頭髮看起來毛毛躁躁的。因此，主播頭髮細毛比較多時，就一定要用髮膠固定好，讓頭髮伏貼不會亂翹。噴髮膠另外一個目的也是定型，因為在播報新聞時，會有一個自然的身體律動，或播報有時會需要轉身，而且主播吹好一個頭髮要維持播一整天的新聞，為了防止頭髮掉下來，才要噴很多髮膠，長年下來，對主播髮質也是很大的傷害。

至於男主播髮型部分，因為希望男主播能夠讓觀眾有沉穩權威的信任感，基本上期望是中規中矩或紳士型的髮型，不能太嬉皮花俏。如果想要強化穩重造型，或者是眼神不夠迷人的男主播，通常會故意帶個眼鏡，就算沒有近視的，也會戴個無鏡片的眼鏡鏡框，來修飾臉部的線條與增加造型感。但相對的，女主播因為戴眼鏡較不好看或者看起來容易顯得老氣，故大部分的女主播在鏡頭前，還是寧願選擇戴隱形眼鏡，比較少人會戴眼鏡。

從上述說明可以看出，主播造型不論是在頭髮、化妝、服裝或配飾的安排上，都需要非常細心處理，為的就是要完美呈現主播造型。因為新聞播報拍攝主播的角度，大都是用近距離鏡頭，所以主播的臉部化妝以及服裝飾品，都要非常注意。所謂的造型好不好，一切都要考量到在電視上呈現的視覺效果而定。所以，如果衣服的質料、顏色、設計等看起來很好，可是在電視上效果不好，這件衣服就寧可不要穿；或是在正常情況下，一件看起來普通、不起眼的衣服，可是在電視上的效果卻出奇得好，這是有可能發生的，那麼這件衣服就要多穿。所以主播的造型適不適當？美不美？應該以電視上呈現的樣貌作為判斷基準。有時，在一些有重大新聞的日子裏，有些主播會特別希望藉由一些貴重的珠寶首飾或穿著名牌的服飾外套，來凸顯當天新聞的重要性，並讓自己在主播台上更亮眼，希望藉此吸引觀衆的目光。不過，在穿著昂貴服裝及配帶貴重飾品時，服裝師和主播要負擔較重的保管壓力，萬一損壞或遺失要負賠償責任。

還好，許多服飾只要搭配得宜，儘管並非高單價，但在電視上打蘋果光的聚焦下，還是會出現神奇的美化效果，穿在主播身上，在整體氣勢的營造下，感覺也不賴。所以，主播的飾品其實有很多等級，有時的確會使用貴重珠寶做裝飾，有些時候也會運用一些便宜的配件；但因為是混著搭配，觀衆可能感覺不到主播是用「百元飾品」呢！

除此之外，不知道觀衆有沒有發現，「筆」也會被用來作為增加造型的道具之一。有些主播會拿一些名貴的筆，當作隨身造型飾品之一，因為在鏡頭前的觀衆，就是有可能會注意到這類細節。但其實對主播來說，真的在播報新聞的過程中，還滿需要「筆」的，像是有臨時連線的時候，主播必須立刻速記下來事件內容，或者是在新聞播出時，可以把突然想到的轉接串場詞句寫下來，免得新聞回來又忘記了。

話說回來，就是因為各家電視台的高層主管都知道觀眾有在注意新聞主播在播報台上的一舉一動，所以，才會把主播的整體造型外包給專業造型團隊來處理，希望主播在不熟悉的外表造型領域，可以少花點心思與煩惱，全心專注於新聞專業播報的呈現。也就是說，雖然主播在螢光幕前，形象的呈現很重要，但也不可忘記，所有主播外表呈現的價值，都需要建立在「新聞專業」的基本原則之上。

## 新聞專業由內而外　形塑最佳主播風格

總之，主播的聲音表情、面部表情、肢體表情，以及主播的整體造型，是形成主播個人播報風格的重要元素。這些因素的複雜互動與連動，都可能會讓觀眾對主播留下不同的印象。但不管風格如何，維持新聞的客觀中立、權威感與可信度，是每一位主播在建立個人風格時，必須遵循的基本原則。一旦越過了這條新聞專業的界線，主播就會讓觀衆覺得不像主播而比較像藝人了，新聞的權威感當然也會大打折扣。換言之，雖然主播可以藉由本文所提到的「三個表情、一個造型」來提升主播形象，但主播個人的播報風格，絕對不是單靠外型就可矇混過關，而是應該「由內而外」散發出來，透過個人新聞素養與經驗所展現的態度與自信，讓觀衆感受到主播播報新聞的誠意與認真，自然而然感覺信服。也就是說，主播的播報風格，雖然透過刻意的外在形塑會有加分效果；但最主要的，主播播報風格形成，還是應該來自個人特質與新聞專業累積，不是靠外在刻意的模仿或形塑，而是由於主播掌握了新聞本質的特性與專業，自然發揮出新聞人的風格。

所以，回到新聞的專業特質來說，主播的新聞播報工作，就是希望能夠將當日重要的新聞傳達給觀衆，所以，主播的個人風格也不宜太過強烈或誇張，避免觀衆無法將注意力集中在新聞內容上，反而集中在主播個人的播報表演上。換句話說，主播心中應該要有一把衡量新聞播報專業的尺，畢竟，新聞節目不同於娛樂節目，主播不同於藝人。如何在吸引觀衆目光的同時，還能維持沉穩、可信與端莊的播報風格，同時讓觀衆能夠將目光焦點從主播身上延伸到主播所播報的新聞內容上，才是重要的事。畢竟，**新聞報導，新聞才是播報的主體，而非主播個人的表演秀**。

無論如何，主播的工作還是讓很多年輕人很憧憬，而很多人也都想知道，伴隨著主播的高曝光度與高知名度，主播是否也坐領高薪呢？主播的「薪」事知多少？下一章中，再來淺談！

# 主播未必有高人一等的薪資或福利

做主播待遇如何?這也是我常被問到的問題。

當然,談此事有點敏感,現在很多人已經知道,在一般社交場合中,問別人一個月可以有多少收入是不禮貌的行為。不過,為了詳細說明主播的工作狀況,這一章裏還是約略講一下主播的待遇,特別是對做主播有理想的年輕朋友而言,這應該也是他們很關心的問題。

也許有些人已經知道或聽說過,一般而言,電視台專任主播的待遇比多數新聞部的編採工作者可能要多一些。當然,資歷也很重要。在每一家公司都一樣,資淺的新進人員和資深的專業人員,往往待遇會有差距,而且在私人公司針對員工不同的工作能力,薪資也會有不同的水準。不過,由於台灣的新聞頻道逐漸增加,競爭激烈,人才需求多,再加上這兩年大學錄取率高達百分之九十七,被笑稱碩、博士滿街跑,多數新聞從業人員被錄取的學歷相對提高,每年有意加入新聞行業的社會新鮮人也不少,但卻拉低了新進電視新聞從業人員的平均起薪水準。根據104人力銀行最新薪資調查報告,二〇

# 陸

## 待遇篇

一一年企業給「研究所」畢業生平均月薪才二萬八千九百四十四元，給「大學」畢業生二萬六千四百三十二元，起薪並不高。

有些沒有經驗的新人，為了爭取到新聞部工作學習的機會，或者是為了增加一項新聞資歷，甚至自願降薪以求，即使薪水才二萬多元的職位，也有許多條件不錯的畢業生願意接受，只為爭取一個轉換跑道或入行學習的機會。若以新進記者同仁剛畢業的碩士學歷，月薪約新台幣三萬元左右來計，專任主播的待遇加上各項津貼，可能會是這個薪資水準的兩到三倍或更高。這當然只是大略的說明，因為不同的電視台會有不同的給薪標準，絕對不是只有一套標準。主播的資歷與受歡迎的程度，也都會是影響薪資的因素。常常在報紙影劇娛樂新聞中，可以看到關於主播薪水行情比較的報導。以一般行情來說，目前各大知名電視台新聞部資深專任主播的身價，大多超過年薪百萬，有些電視台的當家主播，年薪則可以跳到二百萬、三百萬、甚至可能更高。主播身價多少，真是因人而異，也因各家電視公司的薪資政策而不同。

## 主播工作與薪水正比效應

這樣說來，有人也許會馬上反應說，做專任主播果然待遇很高，令人羨慕。但事實上，並不是每一個當主播的，都能領到那麼高的薪水，主播個人的資歷、能力、知名度以及各家電視公司的薪資政策，都還是可能會造成主播薪資的差異。而且，如我在前面幾章中已經詳細說過，電視新聞主播是一種壓力極為沉重的工作。記者雖很辛苦，多半只需要負責特定路線的採訪報導工作；主播卻必須每天全神貫注地關注國內及國際上的各項要聞，才能全盤掌握一節新聞中的所有內容。所以，財經組的記者也許只注意國內外的財經變化，主播卻必須對政治、財經、生活、社會、體育等領域及國際新聞都要有所了解，才不會在播新聞時，讓觀眾有主播並不了解新聞重點的生澀感。而且，觀眾是很敏感的，主播在播報每則新聞的人、事、時、地、物時，稍有遲疑或甚至出現口誤，就可能被觀眾批評成對新聞內容外行，大大影響了新聞節目的權威感。所以，主播每天雖然只播幾小時的新聞，但在上主播台前的準備工作，卻異常繁重，每天維持最佳狀態來播報新聞，身體與心理的平衡要維持，是經年累月且全心全意的面對新聞播報工作，避免有任何一點差池，包括對於主播自身的髮型、配飾，甚至是新聞播報內容、表情聲調等，都不能馬虎，牽涉到主播對於新聞播報的重視與專業程度。唯有主播每天全神貫注於新聞播報，才能夠順利呈現新聞部整體從業人員，對於每則新聞辛苦產製過程的成果。若非對電視新聞工作有相當興趣及狂熱，要想長期擔任主播並維持一定的表現水準，真是不容易，需要不斷地自我要求。這就是為什麼有些年輕朋友一直以做主播為理想，但真正進入工作狀況後，卻因為感覺壓力太大而又離開了工作崗位。

主播之所以待遇尚佳，可能也是因為如我在上一章所提到的，主播通常被認為是影響新聞節目收視率的關鍵人物，是新聞節目的門面，也是引導觀眾收視的靈魂人物。不容諱言，觀眾若是對某一主播有負面感覺，可能會一看到這位主播在播新聞就立刻轉換收視頻道；就算沒有負面感覺，要是看到主播當下的表現不夠專業、或是新聞內容不夠好看，也可能毫不留情地轉台看別的新聞頻道。收視率壓力如此之大，電視台為求主播的表現，每天、每時、每刻出現在螢光幕前時，都要保持一定水準，自然也就願意給主播較好的待遇了，希望主播維持正面形象及專業的新聞播報水準，為電視台帶來好名聲及高收視率。

不過，待遇高，相對要求也特別高，主播承受的壓力當然也就特別大。說這些無非是想讓大家了解，做主播不容易，絕不是像有些人說的，主播就是每天裝扮俏麗、吹吹冷氣、播幾小時新聞，輕鬆坐領高薪這麼簡單。事實上，如果從相對比較的角度而言，同樣具有高知名度，也同樣每天出現於電視螢光幕前數小時，主播的平均薪資還是遠低於談話性節目主持人及固定來賓，但主播對新聞工作的投入與貢獻，卻不會較低。所以說主播待遇特別好，也未必公允。更何況，即使是專任主播，除了每天播新聞外，有時候也要出外採訪新聞或另有節目主持，工作負擔並不輕鬆。

關於主播薪水待遇的問題，不僅可能視各家電視台有所不同，同一家電視台的主播，也可能因人而異。可能有人採簽約年薪制、有人採公司內部專任人員月薪制。通常受到公司挖角的知名主播，相對待遇可能會比在同公司內晉升的一般主播較高，因此多半也採簽約制，視情況可能二年或三年一簽不一定。在這種情況下，薪水與待遇雖然相對較高，卻可能較無保障，通常會受限於簽約的年限，因此簽約主播為了延續主播的播報生涯，就更要力求表現，希望獲得觀眾與電視台高層的肯定，這樣在合約年限期滿後，不管是要續約或是要跳槽到別家公司，也才有談判籌碼。

至於主播加薪，通常仰賴於主播跳槽、升官工作性質調整、表現良好或年資累計等因素，往往是依公司調薪的意願及每個主播個別的情形而定。至於，以採訪工作為主的兼任主播，通常還是領記者的待遇，再以每個月實際兼播新聞的時數，加領播報津貼，故並非每一個新聞主播都能有高人一等的薪水或福利。除了薪資待遇，主播的津貼與休假制度，也是工作待遇的一部分。談到此事，各電視台對主播津貼與休假制度未必相同，我在這裏只能說說一般的狀況。

## 主播補助津貼與休假

一般主播除了原本的薪水之外，通常每家新聞台都會給予主播適當的播報津貼。有時主播依播報時段不同，可能要一大早上班或半夜才下班，此時公司會給予清晨與深夜時段的新聞主播交通津貼。此外，由於主播與記者的身分，需要常常與採訪對象聯繫，公司也會適當補助每月手機通訊聯繫費用，以及由於主播需要每天保持整齊且乾淨的造型，才能夠在新聞台上播報新聞，因此新聞台會依照公司規定予以補助主播造型津貼，如美髮造型等。此外，也常常會有一些造型廠商，贊助主播的服裝與美容保養產品。

關於休假問題，由於新聞工作者的工作性質機動性很強，就如同我前面幾章所提到的，若有重大新聞或是同事休假，就可能需要隨時到公司支援，此時主播就必須停休。因此，主播放假也需要彼此互相彈性配合，以求新聞台播報人力維持穩定。有時休假期間，主播人力欠缺需要支援，可能被要求臨時銷假來上班，播報新聞的時段，也可能視人力調度情況，要一大清早來播，或有時要播到深夜才結束，生活作息要隨時因應調整。另外，每逢過年期間，觀衆仍可以在新聞台上看見主播播報新聞，這也是需要新聞台內各主播相互配合，分批輪流休假，視每年新聞台內的排休規定而定。因此，要成為一位理想的專任主播要有充分的配合度，也常要犧牲正常作息，實非外界所想像的那般輕鬆。

## 主播的在職進修

至於個人在職進修部分，通常是要衡量個人工作能力，在不影響正常工作的情況下進行。有些電視台會希望員工提出申請，好讓主管能適時掌握人力資源的情況；另有些電視台則沒有特別規定，將員工在職進修視為私人活動。但無論如何，站在公司的立場，主管都希望員工還是要把本分的工作當做第一要務，行有餘力，再去進修，以維持新聞台的運作穩定。以我個人經驗來說，在民視任職期間，曾先後到英國進修碩、博士學位，所以兩度向公司提出留職停薪各一年的申請。第一次留職停薪以九個月時間完成英國雪菲爾大學（University of Sheffield）新聞系碩士學位，同年暑假，到美國哈佛大學暑期班修習一門「外交政策研究」課程學分，只是純粹想體驗英、美高等教育學風的差異。

拿到英國碩士學位回來民視上班，一年後，又覺得需要再充電，於是興起了想要在新聞相關領域繼續進修博士學位的想法。幸運的是，回母校英國雪菲爾大學參加同學會和教授談起我想要研究的主題，教授也覺得民視無線台午間新聞以國、台語夾雜方式播報新聞，在電視新聞界很罕見，台灣在弱勢語言與強勢語言之間所面對的問題，和愛爾蘭、威爾斯等國家所曾經歷過的語言歷史背景相似，因此也認為雙語電視新聞產製有研究的價值。讓我得以順利申請到母校英國雪菲爾大學新聞系博士班的入學許可，跟著指導教授，也是英國雪菲爾大學現任新聞系主任賈姬．哈里遜教授（Dr. Jackie Harrison）

學習，我是她第一位指導的博士生。英國博士生研究傳統採師徒制，就是跟著指導教授學習。我每年當空中飛人，往返英國和台灣與指導教授討論最新研究進度，並跨海隨時伊妹兒聯絡。一方面在台灣繼續從事新聞播報工作，一方面努力撰寫英國博士論文，力拼八年才獲得博士學位，非常不容易。

總算辛苦有代價，讓我在成就「主播夢」之後，靠著在職進修，又圓了一個「博士夢」。這段期間，為了要讓博士論文的撰寫能有更進一步突破，第二度向公司申請留職停薪一年，民視基於鼓勵員工進修的立場，最後也予以同意，個人萬分感謝！

環視新聞界同業在職進修的情況，其實相當普遍，因為主播及記者工作既耗腦力、又耗體力、工作時間長、壓力又大，工作一段時日之後，常常會有被掏空的倦怠感，不少主播及記者就會覺得有再充電的必要。所以，電視台普遍也都鼓勵新聞從業人員在不影響工作的情況下進修。在職進修也不一定要重回大學，以我所任職的民視來說，就會透過邀請各界專家或學者，來為新聞台內工作同仁演講，講座內容相當多元，包括國語正音、傳播媒體的性別議題、新聞傳播法律概念等知識性的課程。也有較輕鬆的，比如告訴同仁要如何舒壓等課題。當然，配合民視的台語新聞播報，也會邀請台語專家來做台語課程指導。

## 主播職場的人事異動

許多人好奇，主播是否會如同一般上班族，因為不適任而遭到新聞台開除？這要看各家新聞台的人事政策了。一般來說，不至於鬧到「開除」這麼嚴重，倒是有先調離主播台回到採訪工作的例子。在正常新聞工作狀況下，除非主播發生重大缺失影響到公司的形象與聲譽，否則並不會突然就從主播台上被換下來。但不可否認，電視台新聞部的工作在人事安排上，有時仍如一般公司職場的情況一樣，會有一些震盪折衝，尤其當上層人事有波動時，難免會波及到某些職位的人事異動。此事若發生在電視台，對新聞部主播人事的取捨標準，可能就會與原先的條件有所不同。

另外，主播合約到期，續約條件是否談得攏，以及公司主管對主播工作績效與表現是否滿意，也會影響到彼此的互動，以及主播是否想繼續留在這家電視台工作。通常主播對於自己主要播報的新聞時段都會很在乎，所以，如果有新聞播報時段被調動到被認為比較不重要的時段，或是出現主播不樂意接受的職務調動安排，可能會導致某些主播覺得不被重視，興起不如歸去的念頭。簡單來說，主播的工作保障性還是依照各家新聞台的運作而有不同狀況。主播的養成需要透過新聞台的支持與培訓，因此，主播是否能夠不斷在新聞播報台上播報新聞，需要視主播個人對於新聞專業與素養的堅持、以及新聞台對於主播的支持與規劃而定。主播的職業生涯保障，其實並不是外出採訪的戰績，而是成為社會大眾對於新聞從業人員信賴與支持的指標性人物。因此，主播若想要延續播報職業生涯，不管是本於對工作負責任的態度或是為跳槽做準備，都仍然必須在播報專業上兢兢業業，有好的表現及口碑才行。

常常有人說，在職場上，跳槽是加薪最快的方法。也許有些新聞從業人員也會同意這樣的說法，但想要靠跳槽來加薪，也要審視本身能力及大環境提供的條件是否允許，否則難保不會到後來愈跳愈糟糕。可能最終還是要回歸到個人的工作態度、工作能力的表現、工作目標及機會的多寡來評量。每個人都想向上提升，但大環境不一定能盡如人意，人比人氣死人，自己心態上要先找到一個平衡點。

我常想起，當初我剛加入真相新聞網的時候，一開始每個月薪水不過才兩萬五千元，但在新聞崗位上一路堅持下來，新聞資歷與工作表現反應在每個月的薪水上，的確提升了許多。新聞工作也是一種職場工作，小心不同工作跳來跳去，滾石不生苔；最好是專業跳專業，才會有經驗累積加乘效果，這是一般職場上的老生常談，同樣在新聞職場上，大體也是適用的。但當然，結果並不是絕對的，跳離新聞圈，成功尋找職場第二春的人，也大有人在。風險多少？要自己評估承擔。

工作可以是一種生活方式及人生態度的選擇。做什麼樣的工作？拿多少薪水？對什

# 陸

## 待遇篇

麼人來說？能不能接受？除了現實的考量，也常常是一種心態的問題，事情總是有得必有失。知名主播的待遇雖然不錯，但相對為了維持形象與專業，也必須要加倍付出；尤其新聞主播每天在電視上播報新聞，隨著每天在螢光幕前曝光度增加，在社會上的知名度愈來愈大，主播個人隱私權的維護也就更加不容易。因此，主播算不算是名人呢？主播和明星藝人又有什麼不同呢？這個有趣而且很多人好奇的問題，在下一章中有深入探討。

NEWS

NEWS

## 主播雖有知名度卻並非明星或藝人

# 柒

# 正名篇

談過了主播的條件、工作性質、播報採訪經驗、造型服裝和待遇等等問題，接下來，無可避免地要觸及到幾個社會大眾常常好奇的問題。這些問題中的核心議題是：主播到底是不是名人？算不算明星？或者主播的知名度以及主播所播的新聞收視率，是不是真的這麼重要？當然我不能代表其他主播發言，只能針對這些問題談談自己的想法。

## 主播／名人

主播到底是不是「名人」呢？我認為，以現在社會大眾普遍可以接受的認知來看，主播是名人，但卻不是明星。從字面上的定義來詮譯，名人是知名人物，在社會上具有名氣的公衆人物。客觀來說，相較於所有平面媒體及絕大多數在電子媒體中的新聞工作者而言，主播經年累月在電視螢光幕上露臉，確實是比較顯眼、知名度較高的新聞專業人員。電視機前的觀衆如果常常愛收看某一特定主播播新聞，或常常看到某些主播在播新聞，同一張臉孔在電視螢光幕上看久了，就會覺得有熟悉感。因此，雖然主播可能並不認得每一位觀眾，但大部分的觀眾卻會對經常出現在自己面前的電視主播，感到相當親切與熟悉，這就是傳播效應。

以觀眾角度來看，「看主播」這種感覺，某種程度和觀眾在看明星、演員、藝人的感覺，的確是有點類似，都是在螢光幕前經常出現的人物；主要差異在於，明星、演員和藝人呈現在觀眾面前的娛樂性及表演性質比較強，其所主要傳達的內容，以商業娛樂及虛構誇張的戲劇性內容為主；但是主播所傳達的內容文本，卻是以真實、公正、客觀的新聞事件報導為主，傳達國、內外時事，被賦予有監督政府施政、為大衆發聲、報導社會真相的社會責任。也因此，新聞媒體與新聞主播的社會形象，被期待應該是要成為傳遞社會「良知」、「良能」的公正者，也希望新聞媒體與新聞主播的作為，能符合社會期待的道德高標。

所以，在電視媒體傳播效應的魔力下，主播因為具有高曝光度與社會高知名度，的確可被稱為「公眾人物」；高知名度的主播，更是社會「名人」。很多具有新聞專業與高知名度的主播都知道，正因為新聞主播的正面社會形象得來不易，因此，認真專業的新聞主播都會愛惜羽毛，讓自己行為舉止得當，符合社會公信力的正面期待，並不希望主播的行為被八卦報導，成為新聞消費市場下的商品。

但主播也是人，雖然在螢光幕前看起來專業知性，好像很精明能幹，往來社會賢達高層，似乎頗具影響力；但主播每天起床也要刷牙、洗臉、上廁所，偶爾私底下也會挖鼻孔，真的和一般人沒兩樣！所以，觀眾也不需對主播的形象太過美化，或有過高不實的期待。主播不可能一天二十四小時都在播新聞，偶爾也要留點私人時間，做做自己的事或照顧家人。雖然主播被視為「公眾人物」或「社會名人」，但什麼叫做「名人」？社會上有多少人知道你才能算是「名人」？觀感因人而異。再說，不管主播有多出名，就以一個專業主播的角度來看，知名度的高低並不會影響到每日主播的工作內容與方式，反而是要兢兢業業、把每日專業新聞工作本分都做好了、做穩了，才有可能繼續做主播。因此，主播還是不要太自我膨脹，最好一步一腳印，把每天例行新聞工作的基礎打穩了，才能再談其他。

主播平常在電視上的形象專業俐落、精明幹練，可能很多讀者會很意外聽到我說，其實許多檯面上的主播，私底下都和我一樣屬於「神經大條」一族，也就是對於工作內容專注用心，但對於生活小細節卻偶爾糊塗，可能平常新聞工作太忙碌、壓力大，需要互補一下。有位熟識的朋友這樣說，他發現我一天之中，頭腦最清醒的時候，就是在工作播新聞與採訪新聞的時候，其他大部分的時候，頭腦都處在「關機」休眠狀態。讓我聽了以後，拍案叫絕，哈哈大笑！

我會神經大條到連頂著大濃妝走在路上，都不感覺到有人在看我。往往要直到我身旁的朋友提醒我，或是有路人主動過來跟我互動時，我才會發現，真的有人在看我！還有一次搬家的時候，曾經到附近店家採購小型家具，即使我沒有特意打扮或化妝，還是被眼尖的老闆娘一眼認出，我就是那位「民視主播」。當然，每當這時候，我都會驚訝生意人的眼光真的很銳利，也會希望自己邋遢的樣子，不會被笑話；然後，再嘲笑自己：「看吧，女人就是愛漂亮！」

不過，這真是讓人很矛盾，雖然我不希望意識到自己的名人身分，但有時就是擺脫不掉。素顏出門，明明不希望被認出是主播，卻還是被發現，難免會擔心破壞主播形象，真的很為難。無論如何，身為主播時常會被關注，還是得隨時警惕自己，個人行為舉止要端莊合宜，避免被人看到有不良示範，引起不必要的閒言閒語或爆料。

有關於主播與名人議題，還有一個值得一提的現象，那就是主播的社會地位與形象在改變。以前老三台時代，電視媒體少，電視主播的位置也少，主播常給民眾高不可攀的印象；但現在電視新聞台多，愈來愈多人能夠當上主播，導致社會大眾對於主播仰慕的程度就沒有過去那般高。以前，觀眾還容易把主播與豪門連結在一起，認為主播可以嫁入豪門。但經過時代變遷，我們可以看到現在主播嫁入豪門的並不多，許多主播嫁到一般中產階級家庭，似乎也平民化不少。

還有另一個有趣的發現，就是現在做主播的，比較不像過去資深主播一樣，一旦坐上主播台後，就會堅持很久，播報新聞二、三十年，毅力驚人。可能是因為現在新聞競爭激烈，工作替換率比較高，加上現在年輕人對於從事記者或主播的工作，往往可能只是當成人生過程中的一個歷練，不見得是終身志業，所以很多人在坐上主播台一段時間，在更加了解新聞工作後，也會覺得新聞工作太忙、太累、壓力太大或薪水太少，不是當初想像得那樣，就可能會跳出新聞界轉戰到其他領域，或有其他生涯規劃。

目前有主播轉戰藝人成功；或者是運用主播記者建立的人脈，從事公關得心應手；有的離職主播甚至還開業當老闆賣東西，在主播經歷的加持下，所販賣的商品也似乎多了一道媒體光環。這些成功轉換跑道的主播，從職場出路來講，算是找到事業的第二春，表示他們不會因為曾經當過主播就放不下身段。換句話說，隨著社會的多元開放、傳播科技的發展、媒體產業的競爭以及人員的需求俱增，主播多了，地位也不再像過去那麼高高在上，令人無法接近。對很多年輕人來說，主播的位置是一個目標，但並不一定就是職業生涯的終點；面對未來，主播仍有轉戰各行各業發展的可能性。像也有資深主播就轉任主管職務或新聞性節目主持人；或有主播拿到博士學位之後，轉任大學教職；也有主播轉攻政壇等；每個人頭上各有一片天。

## 主播／藝人

對於一般民眾來說，也許會覺得主播是知名人物，加上曝光度高，所以有的人就會覺得主播是明星，或者是把主播拿來跟藝人相提並論。但是，如我之前曾說過的，以工作性質來看，雖然同樣都是在螢光幕前曝光度高的人物，但是主播的工作性質是報導真實事件，屬於比較知識性、與具有社會公信力的職業角色；而一般的藝人，如歌星、影星、綜藝節目主持人，則是屬於娛樂性質比較重的另一種角色，以至於電視機前的觀眾朋友在接收文本的過程當中，尺度會更寬，態度會更輕鬆。藝人可以誇張地搞笑，或不顧形象只為搏上新聞版面。但是，若擔任「主播」的角色，感覺自然不同，就相對地嚴肅許多。這是因為主播在報導事件真相時，必須要讓觀眾對主播有一定的信任感與權威感，所以基本上，主播雖然與藝人一樣都是「名人」，但卻有不同的專業界定與角色扮演。

就像有觀眾搞不清楚：「新聞與娛樂性的新聞話題節目兩者之間，有什麼不同？」我覺得不同之處很大、而且很明顯，就是在於：新聞節目是報導事件真實；而娛樂性的新聞話題節目，例如現在頗受歡迎的某節目「全民××黨」，雖然同樣都是在探討一些新聞議題，但是後者的內容與呈現方式是戲劇模仿，相當詼諧、誇張、搞笑、有時還會加入戲謔與虛構的劇情。這些元素，以綜藝節目的角度來看，是可以存在的，因為可以增加節目的趣味性與可看性；但要釐清的是，以新聞專業角度來看，這卻不是正規的新聞節目所能允許的。因為正規的「新聞」就是實事求是，不能找人來模仿、不能虛構劇情，希望以真實、公正、客觀的角度來呈現新聞。所以兩者之間的不同，有如天壤之別。

不過，近幾年來，陸續有主播轉戰藝人。面對這種現象，也會讓觀衆聯想「是不是主播光環使其成功轉戰藝人？」不可諱言，兩者之間，可能的確有其關聯性。主播與藝人工作性質，有一個相似之處，都要在鏡頭前勇於表現，只是表現的專業內容有差別，主播是新聞專業取向，藝人是娛樂流行取向。有些主播對於演藝圈這行有較高興趣；或者轉戰藝人的這一批主播，在當初還具有主播身分時，就較常受到媒體關注或者常成為娛樂版新聞報導主角，人氣高，被認為是較具「明星光環」的主播。再加上如果轉戰藝人成功，待遇可能三級跳，無怪乎會造成許多對現任工作不滿的主播，躍躍欲試了。

此外，主播明星化的原因，可能與平面媒體的報導也有關係。平面媒體向來把主播的工作及生活狀況，當做一種影劇新聞採訪路線，而指派記者主跑所謂「主播新聞」。平面媒體的思考邏輯也許是：主播是電視名人，社會大衆對這類名人的工作方式乃至生活動態有興趣，於是就有報導的必要及價值。其他在電視台工作的新聞專業人員因為知名度較低，便比較不被列入觀察報導對象。主播的言行舉止既然成為一種新聞採訪報導路線，主跑主播新聞的平面媒體記者就有交稿壓力。於是，為了增加主播新聞見報率，所謂的「主播新聞」就被處理得像藝人明星新聞一樣，要有戲劇性，以吸引讀者注意、滿足讀者的好奇。所以主播的工作狀況與生活上的一些故事，就往往會成為影劇新聞的一部分，這就又增加了主播的知名度，而且因為這些新聞出現在影劇版，所以很容易給一般社會大眾增添一種印象，主播好像是明星。

當然，如果主播新聞被報導出來的都是正面新聞，有助於形象的提升，其實沒有問題。但問題就在於，當主播跟藝人或其他名人一樣，也成了狗仔記者爆料或跟蹤觀察的對象，甚至被鎖定成為負面新聞報導的主角，那就可能會波及主播的專業形象及工作了。雖然有些不以明星自居的主播，對於這種現象大表異議，但也無法改變現實狀況。因此，在狗仔風盛行的現在，主播對於自己專業形象的維護更要特別注意。不過，在手機、電腦等媒體數位科技發達與網際網路流行的現代社會，不只是主播，對大多數名人來說，美好外在形象的維持，恐怕都將會愈來愈不易。因為任何名人都可能在不知情的狀況下，被一般民眾拍到你在做什麼，而被上載到網路上，好似另類全民皆狗仔的時代悄悄來臨，名人包括主播等隱私被曝光的風險，也相對增高了。

至於主播要如何看待自己的社會角色？是不是被報導多了，也就自認為是明星人物了呢？我認為，這可能就要看主播對於自己職業的規劃與社會角色的認知而定。換言之，有些主播可能就因此覺得自己確實是社會名人，甚至可能跟一些藝人一樣，擁有一些明星光環，而在對於主播工作感到倦怠或覺得不再是理想志業時，很可能找機會轉入其他領域發展，也許是演藝界，也許是轉入政商界等等。那麼他可能會結交愈來愈多非新聞界的名人，比如說開始會跟演藝界或政商界的名人互動比較密切。也因為他們身邊出現這種明星級的人物或重量級的政商名人，所以他們登上新聞的機會又更多了。如此發展下去的話，慢慢地，這些主播的名人角色就會愈來愈明顯；如果又嫁入豪門或轉戰政壇，可能又會掀起另一波新聞話題高潮，於是更增添社會大眾對於主播是社會名人的印象、或與主播往來互動的人，都是社會知名人物的印象。

反之，有主播雖然曝光率及知名度較高，也常成為其他平面媒體主播路線的記者報導對象，但仍以專業新聞工作者自居，而不高捧明星光環，在工作層面一如往常維持新聞專業表現水準，而私人生活也跟一般社會大眾一樣，希望能有相當的隱私，保持一定的個人生活空間，或者可以說個人生活就比較低調一點，那麼這一類型的主播，基於身為新聞工作者的自我認知，就是維持一個很單純的新聞工作者的角色，在這種情況下，久而久之，採訪娛樂新聞的記者也可能相對理解這一類的主播的個性，可能就比較不會再用報導明星的方式去追逐、挖掘他們的生活隱私。所以主播到底要成為一個怎麼樣的社會名人？其實相當程度要看主播對自我社會角色認知是什麼來決定。

## 主播/收視率

主播是在電視螢光幕前，呈現每天新聞部整體戰力的代表性人物，在擁有高曝光率、高知名度的同時，往往也要肩負扛起收視率的高壓力，就算主播不以社會名人自居，通常也還是會注意保持一定程度的「觀眾緣」，增加和觀眾的互動，希望能藉此拉高人氣，讓螢光幕前的播報工作得以順利延續。所以，現在有些主播也努力經營部落格或臉書，與網友交流，希望能擴大收視群；有時主播也希望透過平面媒體的正面報導來增加觀眾印象，也是吸引人氣的方法；有時電視台也會主動幫旗下主播推出形象廣告，希望能帶動新聞收視率。而這裏所講的「觀眾緣」，用比較通俗的話來講，也就是受到觀眾歡迎跟肯定的程度，用比較專業的說法來看，觀眾緣比較具體的指標，當然就是所謂的「收視率」了。

其實，與一般電視台的戲劇或綜藝節目相比，新聞節目收視率的壓力，已經相對小很多了，畢竟戲劇和綜藝節目才是一般電視台主要賺錢的「金雞母」。而且，嚴格說起來，可能在電視台主管眼中，新聞節目往往會更被視為是新聞部整體戰力的表現，而比較不像戲劇主角或綜藝節目主持人，要扛起那麼大的節目收視壓力。畢竟每天播出來的新聞都不同，每天早、中、晚、夜端出來的新聞菜色也都不同，收視率的高低往往也代表著整體新聞呈現的結果，同時新聞也必須承擔一定的社會責任，不能完全以收視或廣告收入來考量。不過，新聞收視壓力較戲劇及綜藝節目小，並不表示不重視，新聞品質要顧，收視率也希望能相對提升，叫好又叫座。

單以新聞節目來說，主播因為是新聞部每天呈現新聞成果的代表性人物，一向被認為與新聞節目的收視率有直接關聯，因此也承受極大的工作壓力。在這一章裏，我就要以個人長期擔任主播的工作經驗，談談主播工作會如何受到收視率的影響。主播做為新聞節目最顯眼的門面，主播的表現很難說與節目的收視率沒有任何關聯。我也相信，確實有些觀衆是因為特定的主播在播新聞，而選擇看或不看某一頻道中某些時段的新聞節目。而就算觀眾對主播沒有好惡偏向，如果在收看某位主播播新聞時，發現這位主播的表現出現失誤，也可能就此立即轉向別的頻道繼續收看新聞節目。所以，可以肯定的是，主播在播報台上的表現，必然會成為影響新聞節目收視率高低的重要因素之一。

主播與收視率的關係，還可從一個算比較科學與有系統的觀點來思考，牽涉到從收視率的資料裏面，可以看出在不同時段新聞的收視族群人口結構的特徵是什麼。比如說，在午間新聞的收視族群裏面，有一部分是上班族再加上非都市區年齡比較大的觀眾；晚間新聞的收視族群，可能比較是在年齡層與職業上涵蓋的面，會更廣一點；但是在夜間新聞時段的收視族群，可能就比較偏向是年紀在三十歲到五十歲之間，都市中的上班族，因為這個時段比較非都市區的觀眾，可能都已經休息了。因為不同時段收視率的資料，可以顯現出主要的觀眾族群特徵，所以，電視台可能會因為不同時段的電視新聞有不同的收視族群，而來安排公司內的主播，依主播的氣質與個人特質，將其放到一個最能吸引特定時段的主要收視族群來播報，這牽涉到的是所謂節目安排的策略。換言之，同一個主播、同樣一種表現，如果被安排在某一個時段播新聞，也許收視率就會略為偏低一些；可是如果放到另外一個時段來播新聞，該新聞節目的收視率，可能就會比較偏高一些。換句話說，主播與收視率的關係，若放到節目安排策略的架構來思考，是可顯示其意義的。

在實務上，電視台也會非常注意台內每位主播每天所播各節新聞的收視率，並希望每位主播不但要維持一定的收視水準，最好也能在收視率上，超越同時段其他頻道新聞節目的收視率，以爭取穩定或更好的節目廣告收益。電視台如此重視新聞節目的收視率，是不是一種有助於新聞節目品質提升的做法，已有許多學理及實務上的多元意見可供大家參考，在此只想說明主播與收視率在目前台灣電視生態中的實際狀況。實際的情形就是，電視台經營管理階層會在意主播在播新聞時的收視率，可能也會以收視率的高低，衡量主播的工作績效，或甚至做為可能調整主播工作時段的重要參考資料。因為從收視率的資料中，可以看出特定時段觀眾群的主要社會背景特徵。一位主播的風格或形象不受某一時段主要觀眾群的喜愛，卻可能很能吸引另一時段主要收視群的注意與偏愛，所以，當某一位主播在某一時段的收視率總是偏低時，電視台主管就可能將其改調其他時段播新聞，以測試其收視率是否有所提升，這就是為什麼觀眾會發現有些主播出現於電視中的時段，偶爾會有所調整的原因之一。

說到這裡，大家應該已經可以體會主播與新聞節目收視率的密切關聯。不過，話說回來，到目前為止，主播到底如何影響新聞節目的收視率，還缺乏科學的研究發現。按理說，主播雖是新聞節目中的靈魂人物，但也不太可能是影響節目收視率的唯一因素。至少，新聞頻道平時整體表現水準在觀眾心中建立的形象、某一頻道某一時段新聞的內容取向，都可能和特定頻道、特定時段中的主播表現，對收視率產生很複雜的交互影響作用。除非用考慮周詳的實驗設計來檢視這些可能影響收視率的複雜因素，我們實在難以論斷主播表現此一單一因素，究竟會對收視率產生多大影響。

也就因為缺乏科學研究資料的佐證，每一位主播其實也很難明確指出，自己在播新聞時，究竟為何會有如此的收視率，更難分辨其個人表現究竟對收視率有多大影響。難免有時主播也困惑，明明個人每天的服裝造型及工作表現似乎都差不多，但收視率卻是起伏不定，只好概括承受收視率的結果。不過，話說回來，目前收視率調查又有多少可信度，也有人質疑，認為調查樣本的人口結構與社會大衆實際人口結構不相符。只是在尚未有更嚴謹的收視率調查方法出爐前，目前收視率調查結果還是廣為各電視台主管及廣告業者，拿來當成重要的參考依據。

不過，要再次聲明的是，新聞專業不應該流入收視率的迷思，但矛盾的是，在商業掛帥的情況下，新聞節目可能也要求廣告收益，就難以避免落入收視率的迷思。任何一家商業電視台不管是新聞節目或非新聞節目，就算電視台的主管並不是特別在意收視率，但是廣告主在選擇節目、購買廣告時段時，還是會以收視率為主要考慮指標。所以，商業電視台的每一位工作成員會注意收視率的問題，其實也不足為奇了，畢竟對商業電視台而言，廣告是他們主要的收入來源。

不過，對新聞主播而言，真正應該要顧慮的問題應該不是專注在每天所播新聞收視率高低，而是能不能夠始終維持自己播報新聞的水準。因為收視率可能會有起伏，而且收視率高低影響的因素又很多，包括主播、新聞內容都有可能影響，甚至包括現在探討的議題觀眾喜不喜歡、或是整個新聞的節奏、整體畫面的呈現，這些都是與收視率有關聯的因素。但目前仍舊沒有實證研究證實哪一個是主要的影響因素，因為電視新聞播報每天都在變動，自然影響收視率的因素，也是浮動的。既然真正影響收視率起伏的因素如此複雜，也還沒有研究能夠有系統地釐清，所以，做為一位新聞主播，客觀上不妨試著跳脫、不必太陷入收視率的迷思之中，而應該把注意力放在每天如何維持自己的新聞播報水準，只要能夠專心於工作，努力維持每天播報都在一定水準之上，觀眾與電視台主管自然會感受到主播的敬業跟認真，而給予一定的支持；反之，如果一位主播的工作不夠敬業、不夠專業，也在播報的技巧上對於新聞內涵的掌握不求長進，那麼即使不用去看收視率，就可以知道他的工作可能已經陷入危機了。

## 主播／代言

介紹過主播與藝人的區別，以及主播所面臨的收視壓力之後，最後要談的，也是常引起討論的專業倫理議題，那就是：主播可不可以為商業或公益活動做代言人呢？

基本上，我的看法和大部分的專業新聞工作者一樣，主播最重要的事情就是做好新聞播報工作。為了維持新聞工作者獨立客觀公正的立場，主播絕對不能成為任何商品的代言人。有一些企業基於主播的高知名度及專業形象，希望主播能為某項產品代言，以增加產品的知名度及可信度。問題是，主播一旦為產品代言，就成為特定企業的宣傳員，立刻失去了公平報導所有相關商業活動的立場。更嚴重的是，如果產品的品質被檢驗出有缺失，主播還得負連帶責任，再被指責為對代言內容失察，這就會嚴重影響主播的權威感，讓人覺得這位主播缺乏對事實真相的判斷能力。此外，各電視台之所以嚴禁主播成為商業產品或商業活動代言人，背後還有一項很現實的考慮。設想，如果某位主播為某項產品代言，該項產品的競爭對手，可能就因為認定這位主播所屬的電視台已經支持主播代言的產品，而不願意再購買這家電視台的廣告時段，於是就造成電視台在廣告收益上的損失，這當然是電視台經營者不能接受的狀況；或者其他電視台的經營者也可能考慮到，不願意在自家頻道廣告中替別家主播的知名度打廣告，而對播出此廣告有所顧忌。

其實，除了主播不能成為商業產品代言人，任何專業的新聞工作者，包括新聞節目主持人都不該為商品代言，否則就會傷害到新聞人的公正形象，這是新聞人和藝人或廣告明星不同之處。試想，主播若為某項產品代言，該項產品萬一出了問題而成為新聞事件，主播要如何播報新聞，說自己曾代言的產品有問題，那豈不是拿磚頭砸自己的腳，變成烏龍笑話？

在商業活動之外，有些公益活動也想找主播代言或參與活動。這當然也是希望借助主播的高知名度，增加活動知名度及推廣效果。主播能發揮正面的社會影響力固然是好事，但當主播遇到這類邀約，通常也會審慎評估，並仔細查證公益活動的相關資訊，包括主辦單位是誰？資金來源為何？活動內容是否包涵商業目的等。一位經驗老到的主播在沒有釐清這些資訊前，不會貿然答應站出來支持這項活動，因為，事實上也發生過公益活動出現爭議的個案。

總之，主播因為有較高的社會知名度，常常會接到各方邀請參加各類活動。但主播畢竟是專業新聞工作者，一言一行往往會被拿來檢驗是否有違新聞專業倫理。因此，在播報新聞之外，主播在參與媒介組織外的活動時，就得特別謹慎。基本原則是，主播不為商業產品或商業活動代言，但可以選擇性地參與公益活動、或以個人身分主持非營利組織或政府部門舉辦，以公益或文化為宗旨的活動。所以，如果有人以為，主播因為有知名度，便可以利用知名度獲得許多新聞工作外的收入，那就是天大的誤會了。但我們的確有看到新聞工作者為商業產品代言，我只能說這是不被新聞界認可的個案而非通例。同時，在新聞從業人員自律的原則下，一般來講，也希望主播及記者避免參加政黨色彩濃厚的活動，免得引起意識型態的爭議，而危及主播長久以來所建立的新聞專業。

正如我在本書中再三強調，就主觀層面而言，主播的自我角色認知應該就是單純的新聞工作者。和其他所有的新聞工作者一樣，主播在新聞產製流程中，肩負特定的工作責任，也要遵守基本的新聞專業倫理，不必自視為社會名人或是電視明星而有驕傲之心，反而失去了新聞工作者的熱情。主播雖有高知名度，也或許有很好的觀衆緣，或甚至被認為外型不輸演藝明星，但主播就是主播，主播和藝人就是不同性質的工作類型，有不同的專業工作模式及不同的專業倫理，兩者不能混為一談。所以，我在對外演講時也常常強調，年輕朋友如果有明星夢，應該要去尋找有慧眼的演藝經紀人，而不是到對主播新聞專業表現要求極高的電視台，尋求發展機會，**因為，主播畢竟是新聞專業工作者，不是明星啊！**

好了，看到這裡，如果你也想當主播，應該對主播的日常工作型態、做主播的條件、主播具有新聞採訪經驗的重要性、主播如何塑造個人播報風格、主播語言能力的重要性、乃至主播的待遇，以及主播對自我社會角色的認知型態，都有初步的了解了。現在，再讓我問你一次：你真的想當主播嗎？所謂有夢最美，但也要築夢踏實！很顯然，這本書告訴你，當主播，是有志於電視新聞工作者可以規劃的一個夢；但這個夢應該是循序漸進、一步一腳印地打好基礎，才能實現的理想，而不該是浮華虛榮的夢幻。如果你同意，歡迎你跟我一齊來當主播！

國家圖書館出版品預行編目資料

你也可以當主播／陳淑貞著. -- 初版.
-- 臺北市：書泉, 2011.12
面； 公分
ISBN 978-986-121-711-6（平裝）
1.新聞記者 2.電視新聞 3.新聞報導
895.1 100018311

3Z07

# 你也可以當主播

作　　者 — 陳淑貞（270.6）
發 行 人 — 楊榮川
總 編 輯 — 龐君豪
主　　編 — 陳念祖
責任編輯 — 李敏華
封面設計 — 李清福　童安安
出 版 者 — 書泉出版社
地　　址：106台北市大安區和平東路二段339號4樓
電　　話：(02)2705-5066　　傳　真：(02)2706-6100
網　　址：http://www.wunan.com.tw
電子郵件：shuchuan@shuchuan.com.tw
劃撥帳號：01303853
戶　　名：書泉出版社

總 經 銷：聯寶國際文化事業有限公司
電　　話：(02)2695-4083
地　　址：新北市汐止區康寧街169巷27號8樓

法律顧問　元貞聯合法律事務所　張澤平律師

出版日期　2011年12月初版一刷
定　　價　新臺幣250元